出稼ぎ令嬢の婚約騒動 2

次期公爵様は婚約者と愛し合いたくて必死です。

出稼ぎ令嬢の婚約騒動２

次期公爵様は婚約者と愛し合いたくて必死です。

黒　湖　ク　ロ　コ

K U R O K O 　 K U R O K O

一迅社文庫アイリス

CONTENTS

イリーナ
貧乏伯爵家の長女。
これまで身分を隠して色々な
貴族家で臨時仕事をし、そ
の働きぶりから、正規雇用し
たいと熱望されることも多
かった少女。現在、憧れが
高じて「神様」として崇拝し
ていたミハエルと婚約中。
ミハエル
公爵家の嫡男。
眉目秀麗で、文武に優れた
青年。面白いことや人を驚
かせることが大好き。現在、
紆余曲折を経てイリーナと婚
約できたことを心の底から
喜んでいる。

出稼(でかせ)ぎ令嬢の婚約騒動2

次期公爵様は婚約者と愛し合いたくて必死です。

人物紹介

アセル

ミハエルの妹で、公爵家の次女。末っ子なため、甘えっ子気質なところがある少女。

ディアーナ

ミハエルの妹で、公爵家の長女。クールな見た目に反して、可愛いものが好きな少女。

アレクセイ

王都の学校に通っているイリーナの弟。尊敬する姉のことなら口がよく回る、社交的な少年。

イザベラ

イリーナの母の友人である女伯爵。イリーナに働き口を斡旋してくれた女性。

用語

神形 ―みかたち―

動物の姿をした自然現象。氷でできた氷像が動くなど、人知を超えた現象であることから、神が作った人形と言われている。討伐せずに放置すると、災害が起こる。

水の神形

王都では春の風物詩として見られる自然現象。

海に面し、川の多い王都では春に出現数が多くなりがちで、放置すると成長し、水にまつわる災害を引き起こす。体の中にある核を体の中から出さない限り、復活するという厄介さがある。

臨時の討伐専門武官

王都で数が多くなりすぎる水の神形を討伐するために、春限定で募集がかかる臨時の討伐専門の武官職。年齢、国籍、性別は一切問われず誰でもなれるが、命の保証はない。

イラストレーション◆SUZ

出稼ぎ令嬢の婚約騒動2　次期公爵様は婚約者と愛し合いたくて必死です。

Engagement capriccio of the working girl 2nd

序章：出稼ぎ令嬢の現在

イリーナ・イヴァノヴナ・カラエフの人生は波乱万丈すぎやしないだろうか。

あり得ない現実を前にして私は思った。

雪深いカラエフ領を治める、超が付くほど貧乏な伯爵家の長女である私は、明るい性格ではないが、並大抵のことでは動じない人間だと思う。あまりに貧乏すぎたため、母の友人であるイザベラ様のご紹介で様々な臨時のお仕事をもらっては自分が自由に使えるお小遣いを稼ぐ程度には図太い神経をしているつもりだった。

それでもだ。

「この婚約、やっぱり現実とは思えないなぁ」

十八歳という成人を迎え、とうとう婚約者ができたのだけれど――嬉しいや悲しい以前に、困惑の二文字が出てきてしまう。

平民と変わらない、使用人もいないような生活を送っていても貴族であるのだから、領地のために政略結婚は覚悟していた。だから婚約者ができたことに対して困惑しているわけではない。

「婚約者を前にして、その発言はどうかと思うよ？　というか、もう俺の領民にも発表したし、覆(くつがえ)らないからね」

「それは分かっているんです。分かってはいるんですけど……」

私の目の前では、まるで月の光を集めたかのような美しい銀髪の青年、ミハエル様が微笑(ほほえ)んでいた。青空を閉じ込めたような青く澄(す)んだ瞳は、ありきたりな亜麻色(あまいろ)の髪に灰色の曇り空のような瞳を持つ私を映している。

そう。現在私は、私の実家で婚約者のミハエル様と二人っきりでお茶をしていた。そして二人っきりなので、ミハエル様の視線はおのずと私にしか向かない。神のごとき神々(こうごう)しいミハエル様が、貧乏であるが故の壁のシミが気になるような屋敷にいるとか、色々と違和感がある。でも一番の問題は私と二人きりというところだ。

婚約者の屋敷で二人っきりというのは、世間的な観点で見れば、まったく問題がない。問題ないのだけれど――。

「分かってはいても、この現実が耐えられないんです」

普通に考えて、貧乏伯爵令嬢がこんな素晴らしすぎる相手と婚約するだなんて誰が予想していただろう。いつか王子様が迎えに来るなんて子供が読むおとぎ話だけで、実際に来てしまうと、色々許容量を超えてしまい、正直辛(つら)い。

おかしい。私の家の貧乏さ加減から、結婚相手は金持ちだけれどすっごく年の離れた相手か、愛人がいる相手か、見目に問題を抱えた相手か……まあ、何かしらの問題がある相手だと予想していた。それなのに、現実に現れた婚約者は、問題がなさすぎて問題だ。

「耐えられないって、何がだい？　まさか、俺のことが嫌いになったとか？」

「そんなはずないじゃないですか。八歳の時から私はミハエル様を尊敬し、ミハエル教を信仰してきたのですよ。嫌いになるはずがありません。耐えられないというのは、今まで遠くから眺めることしかなかったミハエル様が近すぎて、ミハエル様成分過多で倒れそうで耐えられないという意味です」

　たとえミハエル様でも言っていいことと悪いことがある。私が少し語気を強めて否定すると、彼は面白そうにこちらを見ていた。まったく、もう。

　私がミハエル様を知ったのは、今から十年前のことだ。その頃の私は内気で卑屈な性格をしていた。さらにそんな自分が大嫌いという状況に鬱々としていたのだが、誕生日祝いとして母の友人であるイザベラ様が公爵領のお祭りに連れて行ってくれたことで世界が大きく変わった。公爵家の嫡男であるにも関わらず祭りの舞台で自由に踊りを披露するミハエル様と出会った私は、貧乏を理由とせず嫌いな自分を変えようと思ったのだ。それ以来ミハエル様を神様のように崇め、いつか私を導いてくださったミハエル様のお役に立とうと思ったのに。

　まさかそんなミハエル様と婚約してしまうなんて誰が思うだろう。

「大丈夫、どんな毒だって耐性ができるんだから、イーシャだったら、すぐに慣れるさ」

「慣れる……。そうですね。いつかは慣れるとは思いますが……」

でも毒とミハエル様を一緒にしないで欲しいと思ってしまう程度に、私はミハエル様への気持ちをこじらせている。

そもそもミハエル様は公爵家嫡男。だから将来は美人で教養もあり、やさしく、聡明（そうめい）などこかの王女かそれ相応なご令嬢を妻とし、ミハエル様と瓜（うり）二つの子供と末永く幸せに暮らすと思っていた。そしてミハエル様の幸せのために、私も陰ながら何かできたらいいなと考えていたのだ。

「だって自分に婚約者ができたと知って、親に婚約者が誰かを聞くことなく、俺の家に出稼ぎに来るぐらいだよ。そんな行動力があるなら、大丈夫さ。新しい生活にだってすぐに慣れるよ」

「ううう。その節は、本当にご迷惑をおかけしました」

ミハエル様はニコニコとなんてことないように言ってくれるが、全然なんでもないわけがなく、私はこれに関してはもう反省しかない。

婚約者ができたと親に知らされた私は、ミハエル様のご実家であるバーリン公爵家に働きに出たという過去を持つ。まさかその婚約者がミハエル様とは知らなかったのだ。確認を怠（おこた）ったことを反省はしているけれど、十年間ずっと関わりなく過ごし、一方的に信仰していた相手の婚約者になったなんて誰が思うだろう。

すったもんだの末、ミハエル様が婚約者だと知ることになり、一応私も納得して婚約を受けたわけだが、今でも現実感がない。

正直ミハエル様も十年前のあの日、私に一目ぼれしていたとか、何の冗談だろう。そして十年間私を探し続けていたとか……この婚約が皆をびっくりさせるための嘘でしたと言われた方が納得できる。

「迷惑をかけたと反省しているなら、まずはその様付けをやめようか。俺のことはミーシェニカと呼んでよ」

「えっ。嫌です」

「ええっ。何で?!　この間呼んでくれたじゃないか」

反射的に返事をすると、ミハエル様はこれまでのニコニコとした表情とは一転し、愕然とした表情で大きく目を見開いた。いや、むしろ何で受け入れられると思ったのか。

ミハエル様の愛称であるミーシェニカという呼び名は、恋人や祖父母が溺愛する孫に使うような呼び名だ。こっそり彼を喜ばせるためだけに使うならできるけれど、いつでもどこでも使うのは恥ずかしすぎる。

むしろイーシャ、イーシャと愛称で呼ぶミハエル様が変わっていると思う。

「様をなくす努力はしますが、普段呼ぶ時はミハエルでお願いします」

「……まあ、最初はそれでもいいか。俺はこの先もイーシャって呼ぶからね」

「そこは、略称のイーラでいいのでは？」

「俺はイーシャの特別だからいいだろう？　イーラだと、皆が呼んでいるから特別感がないじゃないか」

少し低い声で囁かれるとなんでも許したくなるから困る。伊達に長年ミハエル様を信仰していない。

略称であるイーラなら、親しい間柄の人は皆使っているからいいのだけれど、愛称であるイーシャは正直恥ずかしい。でもミハエル様にも譲ってもらったのだから、私も呼び名は彼に任せるべきだろう。

「分かりました」

「ありがとう、イーシャ」

ミハエル様に御礼を言われてしまった。恥ずかしいけれど、尊い。

それにしても、まさかミハエル様に愛称を呼ばれる日が来るなんて人生何があるか分からない。こちらこそ何度もその素晴らしいお声で呼んでくださりありがとうございます。拝みたい。でも今拝んだら怒られそうなので、心の中で祈っておく。

ミハエル様は私がミハエル教を信仰しているのをあまり快く思っていないのだ。

「それで、話は戻るけれど、結婚までの取り決めを色々しようと思って、今日はイーシャに会いに来たんだ」

「あ、そうでした。えっと。結婚式は夏でよろしかったでしょうか?」

「うん。その予定で、色々準備を進めているよ。この間の採寸で、ウエディングドレスだけじゃなくて普段着も何着かお願いして作ったから安心してね。本当はイーシャの希望も取り入れたかったんだけど、時間がなくてごめんね。今度服を作る時はゆっくりと一緒に決めようね」

「い、いえ。ご用意していただけるだけでありがたいです」

なんといってもうちは貧乏伯爵家なので、ウエディングドレスどころか普段着ですら公爵家に見合うようなものは持っていない。今着ている服も、王都で流行り(はやり)のコルセットで締め付けたドレスではなく、ブラウスにサラファンと呼ばれる肩紐(かたひも)でつるしたワンピースだ。伝統的といえばよく聞こえるが、つまりは農民と変わらない恰好(かっこう)だということだ。貴族はみなコルセットでウエストを締める服を着るのが最近の流行なので正直恥ずかしい。でも突然の訪問だったので、一張羅(いっちょうら)に着替える時間がなかったのだ。

我が家の経済状況はそんな感じなため、結婚後に使う家具だけでなく衣服や小物まで、ミハエル様は用意してくれていた。

「イーシャはその身一つで来てくれればいいんだ。お金で解決できるものは、全部俺が用意するからね」

「……すみません」

見栄(みえ)を張って、大丈夫ですと言いたいところだが、たとえ用意したとしてもミハエル様のお目に適うものは無理だろう。だから私はミハエル様の申し出を、受け入れるしかない。

ミハエル様はまったく気にした様子なくニコニコしているし、実際彼の経済力なら問題ないだろう。でも私自身はすべて用意されなければいけない状況が恥ずかしくて、少しだけ縮こまる。

「それから、イーシャが自由に使っていいお金も渡すから、今後は他の屋敷で使用人の仕事はしては駄目だよ」

「それは分かっています。公爵家の名を汚すような真似はしません」

結婚したら、イザベラ様から紹介されていた仕事はもうできないと覚悟はしていた。公爵家夫人が他の家で働いているなど外聞が悪すぎる。いくら身分を隠したとしても、気が付く人は気が付くはずだ。

出稼ぎの仕事は気に入っていたけれど、危ない橋を渡ってまでするようなものではない。

「公爵家の名もそうかもしれないけれど、俺はイーシャに不自由はさせたくないんだ。それに危険なこともして欲しくない。ただイーシャは家で俺の帰りを待っていてくれればいいから。それだけで俺は幸せだから」

「分かりました」

「後はイーシャのお披露目だけれど……イーシャって沢山(たくさん)の貴族の屋敷で働いていたよね」

「そうですね」

イザベラ様は顔が広いようで、彼女から紹介された仕事は色々あり、裕福な貴族の屋敷は大抵働いたと思う。貴族だけでなく、商人の家などでも働いた。元々平民のような生活をしていたので、給金をくれるなら爵位があってもなくても気にならなかったのだ。

「イーシャを貶めるような噂が流れるのは嫌だから、少し窮屈だと思うけれどしばらくお茶会も舞踏会も参加しないで欲しいけれどいいかな？」

「それは構いませんが……」

元々貴族としてお茶会や舞踏会に参加したことがないので、禁止されたところで何も不自由はない。

「社交に参加するのは、王の開く舞踏会に俺と一緒に参加してからにしよう。そこで正式に周りに紹介すれば、少しは流れる噂も落ち着いたものになると思うんだ」

「なるほど。確かに下手に貴族間で噂になるようなことは慎んだ方がいいですね」

平民が貴族の養子に入り結婚ということもあるので、私が働いていたことがばれても眉をひそめられるだけですむとは思う。でも噂は面白おかしく脚色されやすい。だから真実が伝えられるように、情報を出すタイミングは見極めた方がいいというのは分かる。

「本当は今すぐにでも自慢したいんだけれど、ごめんね」

ミハエル様は申し訳なさそうに眉を下げ、私の手を握った。憂いを帯びたミハエル様も素敵だ。でも私では自慢にならないと思うので、別に隠されたところで問題ない。ミハエル様は本当に細やかに私に気づかってくださる。

「それは気にしないでください」

「そうかい？　えっと。誤解してないよね？　俺はイーシャを隠したいわけじゃないからね？　それから……そうだ。イーシャは何か心配なことはある？」

「心配なことですか……」

心配があるかと聞かれたら、何もかもが心配だ。なんたって、婚約相手はミハエル様である。彼との結婚生活とか、まったく想像が追い付かない。

でもその中でも特に心配なのは――。

「私はちゃんとした家庭教師をつけてマナーやダンスなど学んだことがないので、ご迷惑をおかけしてしまうのではないかという心配があります」

かといって、今から一時的に家庭教師を雇うとしても、伝手もなければお金もない。結婚式が夏だと考えると、やるなら今すぐ始めなければ付け焼刃すらできないけれど、どうしたものか……。

「それなら、公爵家においで」

「えっ、公爵家ですか？」

「俺は王都へ仕事に行かなければいけないから、普段はいないけれど、妹達はいるし、妹達の家庭教師に一緒に見てもらえばいいと思うんだ」

簡単に言ってくれるが、妹君が教えてもらっている教師は、確か幼少期のミハエル様も教えたという、私の中で伝説の教師と思っている人ではないだろうか。そんな方に教鞭をとっていただいてもいいのだろうか？

「いや、えっ。そんな突然、大丈夫ですか？」

「大丈夫、大丈夫。きっと妹達も喜ぶよ。ただうちの家庭教師は少し厳しいから、今まで家庭教師を付けたことがないとなると大変かも――」

「それは望むところです！　むしろビシバシ血反吐を吐くぐらい鍛えてもらわなければミハエル様の隣には立てません」

私はミハエル様に握られていた手を振りほどき、ぐっと握りこぶしを作った。ミハエル様が何事だといった様子でギョッとしているけれど、安心して欲しい。お金はないけれど、やる気だけは十分ある。それも伝説の教師による指導となれば、どんな試練でも耐え抜きましょう。

「いや、そこまで厳しくないし、吐かないでね？　無理は禁物だよ？　それからまた、様が付いているよ。俺のために頑張ってくれるのは嬉しいけれど、とにかくイーシャが俺の隣にいてくれるのが大切だからね。というか、本当はずっと隣にいて欲しいぐらいなんだからね。ねえ、聞いている？　ねえ！」

ミハエル様が厳しいという指導はどれほどのものなのか。

きっと普通の人間なら一時間と我慢できないほどのものなのだろう。しかし、その試練を耐え抜いてこそ、ミハエル様の隣に立つのを許されるというもの。血反吐ぐらい何度だって吐きましょう。バケツ一杯ぐらいお安い御用だ。

罰として鞭を振るわれたとしても歯を食いしばり耐え抜いてみせる。きっとすべてを終えた時、私は新しいイリーナに生まれ変わっているはずだ。

「はい。勉強頑張ります！　えいえい、おー！」

「おー？」

ミハエル様の隣に相応しい女性となるため、猛特訓を覚悟した私は、腕を大きく天につき上げたのだった。

一章：出稼ぎ令嬢の花嫁修業

私の一日は、まだ日が昇らない薄暗い時間から始まる。

寝心地最高のクッション性の高いベッドと、肌触りのいい掛布団を手放すのは勇気がいるけれど、その誘惑を振り切ってベッドから降りた私は、ひんやりとした空気の中、ストレッチをする。柔軟は怪我をしないためにも大切だ。

裸足でも温かい絨毯は、私の家では絶対お目にかかれないいいものだ。正直肌触りが違う。まったく日の光を通さない分厚いカーテンといい、明らかに高そうな調度品だけではなく布からして私の家とは違う。流石は公爵家だ。カーテンを少しだけめくり外を見れば、すでに太陽が顔をのぞかせているらしく、空は白っぽい色をしていた。今日もいい天気のようだ。

「よし。頑張ろう」

ミハエル様に公爵家へ花嫁修業をしに来ないかと誘っていただけた私は、ミハエル様の休みの関係で、あの後すぐに出発することになった。荷造りも何もしていなかったが、すべて必要な物は公爵家に用意してあると言われてしまい、着のみ着のまま来た感じだ。

実際私のために用意していただいた部屋には、服や小物がすべてそろっていた。しかも私が持っている一張羅よりも確実に質のよいものばかりだ。正直ドレスを汚したり、宝石のついたアクセサリーに傷をつけたり、紛失したりしないか毎日ひやひやしている。

私は部屋に用意してある水で顔を洗うと、乗馬用のズボン服に着替える。ブラウスに白いパンツというシンプルなデザインだがジャケットが赤で、狩りには向かない悪目立ちする色合いだ。といっても、私はこれから乗馬をするわけではない。そもそもこんな朝早くから出かけたら、使用人に大迷惑をかけてしまう。今の私は、貧乏伯爵家の娘ではなく、公爵家の嫡男の婚約者として滞在している。そのため一人での外出は許されていない。

とはいえ名ばかりの貴族だった私が、突然貴族らしい生活をしろと言われても、息が詰まるし、体力があまりすぎる。花嫁修業の中で体力を使うのはダンスぐらいで、そのダンスも私からしたら物足りないものだった。そこで昔からよくやっていた早朝ランニングを、敷地内でするのを条件に許可してもらった次第だ。

それに私はミハエル様と婚約という名の契約をする時、公爵夫人はいつでもミハエル様を近くで守れるお仕事だと言われたのだ。そう。公爵夫人が公爵を守ることはミハエル様公認。そして守るためには体力が必要。なまければそれだけ体が重くなる。だからこれはミハエル様の婚約者として必要な鍛錬なのだ。

ちなみに筋トレは、夜にこっそりやっている。腹筋と腕立て伏せ、スクワットをすれば、ミハエル教の聖地にいるために興奮していてもすんなり寝落ちできる。

「おはようございます」

「おはようございます。お疲れ様です」

玄関を出て走っていると、庭師に挨拶をされる。初めこそギョッとした顔をされたが、次の日からはもう普通に挨拶をしてくれた。……流石公爵家。順応力が高い。

公爵家の庭はいつもきれいだ。それはこの方達が、時季に合わせた花を植え替えてくれ、雑草を抜き、木の剪定をしてくれているからだ。私の家の庭は公爵家の庭の半分もないはずなのに、夏になれば雑草が生い茂り、木の剪定が下手すぎて不格好な禿げた木ができ上がり、花は野花を愛でようといった具合になっている。ついでに食べられる野草をこっそり生やしていたりもする。

「本当に凄いなぁ。後で色々教えてもらおう」

あまり手をかけなくてもそれなりの見栄えにする方法などがあればいいなと思いつつ、彼らの努力の結晶を見ながら走る。庭しか走れないけれど、この庭のおかげで結構楽しみながら走ることができた。

一時間程度走っていると、空も明るくなってくるので、私は走るのを止めて部屋に戻る。するとタイミングを見計らったかのように使用人のオリガが来て、お風呂の準備をしてくれた。最初は勿体ないと思ったが、汗でミハエル様が用意してくださった新品の服を汚してしまうと思えば、お風呂に対するためらいはなくなった。

「……それにしても、至れり尽くせりすぎて、少し怖いなぁ」

公爵家へ来る前は、ミハエル様の顔に泥を塗らないように、血反吐を吐いてでも花嫁修業に食らいつこうと思っていた。しかし現実は、景色の豪華なランニングをした後に朝風呂に入れるという優雅な暮らしだ。この風呂を出た後は、朝食まで出てくる上に、食器の後片付けも使用人がやってくれる。あまりに至れり尽くせりすぎて、こんな生活していて大丈夫だろうかと心配になってしまう。実家に帰った時の落差が激しそうだ。

「でも結婚したら、ずっとこの生活だし……慣れた方がいいのか」

貴族の結婚は家同士の繋がり重視で、本人達の気持ちを無視することが多い。そのため、愛のない結婚の果てにお互い愛人を作ったりするなんてこともある。それでも死別以外の離婚はまずない。たとえミハエル様の気持ちが私から別のところへ移ってしまっても私の生活はここだ。

「もしもミハエル様が愛人を作ったとしても、できるならミハエル様のお役に立ち続けたいなぁ」

というか私が相手なのだから、早々に愛人を作られるに違いない。なんといってもミハエル様なのだ。結婚した後も、沢山の女性に愛され、より取り見取りだろう。私が独り占めし続けられるなんて大それたことは思っていない。

でも独り占めはできなくても、私はミハエル様を支えたい。そのためには何ができるのだろう。

考え始めるとのぼせてしまいそうだったので、私は風呂から出た。

「お湯かげんはいかがでした？」

「丁度よかったです」

私の身支度を手伝ってくれているオリガは、ミハエル様の妹のディアーナ様とアセル様の傍仕えをしていた使用人だ。私がここで臨時の使用人の仕事をしていた時に顔見知りとなっていたので、滞在中は私の傍仕えをしてくれている。

「本日は、朝食の後、座学の先生がいらっしゃいます。午後からはダンスの先生が教鞭をとってくださる予定です」

しかも予定管理までオリガがしてくれているので、本当に申し訳ない。オリガは赤毛の美しい女性で、アセル様にオーリャと略称で呼ばれるほど気に入られていた人物だ。それなのに私の面倒を押し付けられるなど、ハズレくじを引いたかのような状況。しかしオリガは嫌な顔一つせずに私の手助けをしてくれた。本当にありがたい。

「ありがとう、オリガ。公爵家での生活をオリガが手伝ってくれて本当に助かっているの」

「いえ……勿体ないお言葉です」

ここで謙遜するとか、いい人すぎる。本当なら私からの感謝の言葉なんてどうでもいいから、さっさと元の職場に戻せと言いたいだろうに。それを微塵も出さないなんて、なんとできた女性だろう。

「ちゃんと、オリガの気持ちは分かっているから安心してね。執事長にも伝えておくから」

「……はい。よろしくお願いします」

オリガが少しだけ嬉しそうな顔で微笑んだのを見て私は執事長に必ず、彼女の優秀さを伝えようと決意する。

私が実家に戻った後は、元の仕事に戻れるようお願いしておこう。間違っても私が嫁いだ後もまた私の面倒を見なければならない残念な人事にならないよう、私では勿体ない優秀な使用人だと伝えておかなければ。元は臨時の使用人でしかなかった私に仕えなければいけないとか、なんて罰ゲーム。

他の使用人達は、口には出さなくてもオリガが左遷されたと思っているに違いない。そんな悔しさを押し隠し、仕事に手抜きをしないとか、彼女は一流の仕事人で尊敬するべき人だ。

オリガが用意してくれたのは、コルセットで締め付けるタイプの青色のドレスだった。コルセットタイプは働く場所によっては着ていたので、それほど苦ではない。ただし使用人時代はペティコートを二枚ほど重ねて着るだけでよかったのが、貴族として過ごすとなるとパニエでさらにスカートをふっくらと広げるので、周りにぶつからないように気を付けなければいけない。

普段着は手加減してそこまで膨らませないが、舞踏会ともなればクリノリンと呼ばれるものでさらに大きくドーム型に膨らませるのだから、貴族女性の美学とは恐ろしい。

　身支度を終えると、今度は朝食だ。

　朝食は公爵家の面々が食べる食堂に用意される。夕食は用事がない限り家族全員で食事を食べるので、私も交ぜてもらっていたが、朝食は全員好きなタイミングで食べていた。

　中に入ると、私が一番だったようでまだ誰もいない。家族のプライベート空間である食堂は、臨時の使用人の時は一度も立ち入ったことがなかった場所である。

　そんな空間に初めて入った時、私はあまりの尊さに無意識に涙を流していた。今はもう涙が流れることはないが、それでも尊さを感じる。私は食堂へ入ってすぐに斜め上を見上げると、両手を胸の前で組んだ。

「ああ。ミハエル様、今日もありがとうございます。これで一日頑張れます」

　後ろにいるオリガから若干引いたような空気を感じるが、許して欲しい。この部屋に飾られている大きな家族の肖像画は、まだアセル様が乳幼児の頃のミハエル様、つまり六歳のミハエル様が描かれている。もう二度と見ることができないこの天使のような可愛らしい姿を見て尊さを感じないなど、ミハエル教の使徒ではない。

「イーラ姉様、またお兄様の絵姿に感動しているの？」

「あ、アセル様。おはようございます」

　振り返れば、ミハエル様の妹君である、アセル様が立っていた。蜜色の髪は下ろしたままだけれど、それが窓から入る太陽の光によりキラキラと輝き眩しい。宝石など必要としない美しさだ。ドレスがピンクなのがさらに可愛さを引きたて、まるで妖精のよう……おっと。妄想している場合ではなかった。

扉を開けてすぐに見える肖像画を真正面からじっくり見るために入口のところで足を止めていたので、私は慌てて邪魔にならないように部屋の中に移動した。

「アセル様じゃなくて、アセルだって。また様が付いているよ？」

「失礼しました。……えっと、アセル、おはよう」

「うん。おはよう。オーリャもおはよう」

「おはようございます」

拗ねたように唇を尖らせた姿も可愛らしいが、アセルが笑うとまるで花が咲いたかのように一気に場が華やかになる。実は妖精なのと彼女に言われたら、私は信じるだろう。

公爵家に花嫁修業に来て、私が真っ先に矯正させられたのはマナーや習慣ではなく呼び方だった。ミハエル様――じゃなくて、ミハエルと結婚する予定の私は、ディアーナやアセルの義理の姉という立場になる。そのため名前は略称、もしくは呼び捨てにするようにと言われていた。正直私ごときが呼んでいいのだろうかと、いまだに思う。

「お兄様の絵姿が飾ってある場所に来ると、いつも見惚れているよね？　個室がある廊下に飾られた肖像画の前でもよく立ち止まっているし。そろそろ飽きない？」

「全然。むしろ何時間でも見ていられます」

「そっか。でも気を付けないとお兄様がまた拗ねるよ」

その言葉に苦笑いしか出ないが、絵を見るたびに体が反応してしまうのだから仕方がない。

テーブルにつき朝食を待っていると、公爵と公爵夫人、さらにディアーナが一緒に入ってきた。私は慌てて椅子から立ち上がると頭を下げる。

「おはようございます」

「おはよう。一緒にいいかな？」

「はい。もちろんです」

公爵はミハエルと同じ銀髪に、少し青みを帯びた灰色の瞳をしている。年相応に目じりにしわがあり、髪も幾分かミハエルより少ないものの、整った顔立ちはミハエルによく似ている。さらにお年のわりに体が引き締まっており、細身だが貧弱という感じはない。年を取ると太る方が多いというのに。ミハエルの将来はきっとこんな感じだろうかと妄想がたぎる。

その後ろにいらっしゃる公爵夫人は、茶色の髪に、ミハエルの瞳と同じ澄んだ青い瞳の持ち主だ。おっとりとした雰囲気は、どちらかといえばアセルに似ているかもしれない。そしてミハエルと同じ銀髪と青い瞳を持つ美少女のディアーナがそろうともう、素晴らしい以外の言葉が出てこない光景だ。

神様、今日もお恵みをありがとうございます――。

「イーラ姉様」

「はっ。すみません」

　こそっとアセルに名前を呼んでもらえたことで、我に返った私は慌てて椅子に座る。アセルとディアーナは私がミハエル教の信者であることを知っているが、公爵夫妻の前ではまだ猫をかぶっていた。下手に知られてミハエルとの婚約を反対されても困るので、かぶれるものなら、猫はかぶり続ける予定だ。

　ただ……。

「私の顔ならいくらでも見たまえ。うんうん。私の顔で新しい娘が元気になるなら、どれだけでも貸すよ」

　バチンとウインクする公爵を見るたびに、隠す必要があるのかなと思わなくもない。むしろすでにバレている気がするし、公爵からはミハエルと同じ匂いがする。

「うふふふふ。若い娘からしたら、もう、いいおじさんなんだから。それぐらいになさって。イーラが困ってしまうわ」

「おじっ……サーシャ?!　私はまだ君の心を奪えているかい？　おじさんになっても、私のことを愛してくれるかい？」

「ええ。私も一緒に年を重ねておりますもの。いつまでも若いままでしたら、私が恥ずかしくて隣に立てなくなってしまいますわ」

「何を言っているんだい。サーシャはいつでも美しいよ。それに若ければいいというものではない――」

そしてすごい夫婦仲がいい。初めてこの馬鹿ップル的なやり取りを見た時はどうしたらいいのかとオロオロしてしまった。しかしディアーナとアセルが普通に聞き流しているのを見て、公爵夫妻の甘い空気は壊さずそっとしておくようにしている。そしてそれはたぶん正しいのだろう。この流れは公爵家に来てから何度も見ているし、使用人達も気にせず朝食の準備をしている。用意された朝食を姉妹が食べ始めたのを見て、私も食事をいただくことにする。

「そういえば、イーフは毎日欠かさず走っているようだね」

「す、すみません。五月蠅（うるさ）かったでしょうか？」

一応、ミハエルを通してお許しはもらっているが、貴族の令嬢としては普通ではない行為だ。しかしミハエルを支えるためには、やはり体力は必要だと思う。そして筋肉は一日にしてならずだ。日々の積み重ねが大事なので、この訓練は自分のストレス発散という意味だけではない。

できればこのまま続けたいけれど……。

「そんなことはないよ。実は庭師がね、君がランニングして庭を見てくれるから張り合いが出ていいと喜んでいたんだ。私達はあまり庭に出て散策をしないからね。これからも庭師のやりがいになってあげなさい」

「あ、ありがとうございます」

そして庭師の皆さまも、本当にありがとうございます。

私が庭を見たところで、公爵家の皆様に見てもらえなければ張り合いはあまり出てこないだろう。それでも顔見知りのよしみで、前向きな意見を公爵に言ってくださったに違いない。

「ランニングをしているから、イーラはそんなに細身なのね。コルセットなしでもちゃんとくびれがあるみたいだし、羨ましいわ」

「サーシャは少しふっくらしているぐらいが、可愛らしくていいよ。それに君がこれ以上美しくなってしまったら私の心臓がもたないじゃないか。これ以上誘惑しないでおくれ」

息をするように妻を褒める公爵は流石すぎだ。しかし姉妹の目が、親のラブロマンスを前に濁っていた。居たたまれない気持ちになるのは分からなくもない。

私も親が目の前でこんな会話をしだしたら、虚無顔になりそうだ。

「そう言ってくださるのは、貴方ぐらいですわ。イーラのおかげで、使用人達も色々やりがいが出ているようで他の場所でも聞くし。これからもよろしくね」

「こ、こちらこそ、お願いします」

やりがいとは、一体何のやりがいなのか。よく分からないけれど、それを公爵夫妻に伝えるとか、使用人達の心遣いに感謝だ。ありがとうございます。おかげで今のところ、嫁と姑問題は起こっていない。

拝啓ミハエル様。

私は公爵家でとてもよくしてもらっています。義両親も妹君も使用人でさえやさしく、至らないことばかりの私を手助けしてくださりありがたい限りです。さらに屋敷のいたるところにミハエルの絵姿もあり、毎日天国にいる気分です。むしろ、今までのミハエル成分からするとミハエル成分過多になって死にそうなぐらい幸せです。……幸せすぎて、最近思うのですが、私、一体どのタイミングで血反吐を吐いたらいいのでしょう？　血反吐ではなく鼻血が出そうな日々に困惑しています。

「イーシャ成分が足りない」

俺は最愛の婚約者から届いた手紙を脳内で何度も何度も何度も読みため息をつく。最新の手紙を読み、その前の手紙も読み、さらにもっと古いイーシャがまだ俺が婚約者だと気が付いていなかった時期の手紙まで脳内再生してもまだ足りない。

「ううう。どうして俺はこんな場所にいるんだろう」

「仕事するためですね」

俺は部下から上がってくる報告書にサインをしながら、ため息をついた。公爵家に里帰りしたい。ホームシックならぬイーシャシックだ。

「たまに思うんだ。俺、ここに必要かなって」

「必要ですから、仕事してください」

「俺のいるべき場所はここじゃないんじゃないかってたまに思うんだ」

「何青春をこじらせたようなことを言っているんですか。貴方の生きる場所は、書類あふれるこの天国です」

ここが天国なら、天国なんてろくでもない場所だ。即刻、改名した方がいい。

そんなやり取りをしつつも、俺は書類を読む手は止めず、サインを続ける。正直まったく楽しくない仕事だけれど、いつまでもこの仕事をし続ける方が地獄だ。

「できるなら外で暴れ回れる仕事の方が、ストレスもたまらなくていいんだけどなぁ」

「普通は皆、安全な室内の仕事をやりたがるんですけどね」

武官として働く俺が所属する部署は討伐部と呼ばれており、神形(みかたち)退治を主な仕事としている。

神形というのは、動物の形をした自然現象だ。氷で体が作られていれば氷の神形、土で体ができていれば土の神形、水でできていれば水の神形と、体の主成分で分類され、さらに動物の形によってその後起こる災害が変わるので、氷でできた龍なら氷龍(アイスドラゴン)などと姿別に名前が付けられている。

この神形は討伐を怠(おこた)ると、必ず災害が起こるため、国を挙げて討伐専門の部隊が作られているというわけだ。本来なら若造は外で神形の討伐をするのが主な仕事で、中での事務処理や神形の研究は年齢と階級が上がった者達の仕事だ。しかし俺は次期公爵という立場のせいで、最初こそ外の仕事をしていたが、気が付けば階級を勝手に上げられ事務処理や研究資料を集めるために他者に色々命令するのが主な仕事となっていた。

「俺も外で戦って、イーシャにキャーキャー言われたい」

「婚約者は公爵領でしょうが。書類業務でも、脳内の婚約者ならキャーキャー言ってくれますよ」

「当たり前だ。イーシャは俺が好きだからね」

「嫌味だと気が付いてくださいよ」

だって本当のことだから仕方がないだろ。ただしたぶん彼が思っている状況とは違うと思う。きっとイーシャなら神様でも崇めるかのように、俺に祈りを捧げてくるに違いない。そこにあるのは恋心ではなく信仰心だ。……止めよう。深く考えると、涙で前が見えなくなりそうだ。

「とにかく、さっさと終わらせて無理やり外の連中に合流してやる」

「仕事中すみません、ミハエル上官。王太子殿下がお見えです」

……なんだと。

今やっと出てきたやる気が、聞きたくない名前を前に一瞬でぽっきり折れた。

「今から水の神形研究のために外へ視察に行かなければいけなくなったと王子に伝えて――」

「つれないな。ミ・ハ・エ・ル・君」

くれと言い終わる前に、王子が勝手に部屋の中に入って来た。最悪だ。

キラキラとした金髪の王子は女性ならキャーキャー言っただろうが、生憎と俺はギャーと悲鳴を上げて逃げたい気持ちになる。寸前でこらえた俺は偉いと思う。

「……ここは武官の事務室で、殿下の遊び場じゃないのですが」

「酷いなぁ。幼馴染なんだから、もっと歓迎してくれて構わないよ？　それに、ミハエルが真面目に仕事をしているなんて似合わないぞ？」

「仕事が似合わないとおっしゃるなら、領地に帰りますよ？」

というか、本当に帰ってやろうか。誰のせいで武官の仕事、しかも内勤ばかりをやらされていると思っているのだろう。

「やだなぁ。冗談だよ。今日は君にしかできないお仕事を持ってきたんだよ？　外回りに行ける時間が作れるなら、大丈夫だと思うんだ」

さっさと内勤の仕事を終わらせたくて頑張るんじゃなかった。

キラキラとした王子の笑顔はまるで天使のようだが、その背中には黒い羽根が付いていると俺は思っている。この王子が俺に持ってくる仕事なんて厄介事に決まっている。

サプライズで誰かが会いに来てくれるなら、こんな魔王子ではなく、イーシャに会いたい。

それでもわざわざご本人が持ってきたということは断れない仕事なのだろう。何でもかんでも幼馴染だからで頼ってこないで欲しいものだ。

「それで要件はなんですか？」

俺はため息をつきつつ、仕事の内容を伺(うかが)った。

「今回も算術のテストは満点ですし、こちらの方も特に問題なさそうですね」

「ありがとうございます」

私の目の前には、私の母と同じぐらいの女性が立っている。彼女が家庭教師であり、ミハエルも厳しいと評価した女性だ。黒髪を後ろできっちりまとめ、紺色の脛丈(すねたけ)の動きやすそうなドレスを身にまとっている。まさに仕事のできる女性といった印象だ。

家庭教師が付くのが初めてだった私は、私の実力がどの程度なのかも分からなかった。そのため、実力を知るためのテストを先生が作ってくださり、授業の初めにはそれを受ける。そして解けなかったところを中心とした授業を受けるといった流れだ。

きっと沢山のダメ出しがあるに違いないと初日はビクビクしつつも、新たな知識を得られることにわくわくしていた。しかしそのわくわくは日が経(た)つにつれて、だんだん失われていった。

何故ならば――。

「あの、でも。もう少し、高次元の算術とかは……」

「もちろんお教えすることもできますが、イリーナ様に必要となるのはこの屋敷を運営するための算術であるので、学者を目指しているのでなければ、ひとまずは問題ないと思います。独学だけでここまでできるとは。とてつもない才覚です」

「そ、そうですかね……はは」

私は再び褒められ、げっそりする。

そう。私は血反吐を吐いてでも勉強に食らいつき、さらなる高スキルを手にするのだと決意してきたはずなのに、一度も血を吐く状況にならない。いや、妙に褒められすぎる慣れない環境のせいで、胃に穴が開いて血を吐きそうだ。

「前にも申し上げましたが、貴族の妻に必要な能力は、屋敷の管理と貴族同士の横の繋がりを強化するための社交。そして夫が過ごしやすい環境を整えるための刺繍などとなります。屋敷の管理は、細かな部分は使用人が行えばよろしいですが、その管理が適切かどうかを見極める必要があります。しかしそれに関しては今のままでも十分かと。イリーナ様に足りないのは経験だけですが、こちらは実際に体験して初めて分かる部分です」

つまりは教えることは何もないと遠回しに言われているのだと分かるけれど、分かりたくない。

確かに結婚式が行われる夏までに、付け焼刃でも最低限の知識を身につけたいという名目で家庭教師の先生に見ていただいている。だから高次元の算術などは最低限に含まれないのだというのも一応理解はできる。

でも公爵は、学習が遅れているだろう私のために、わざわざ私と家庭教師の先生が一対一で勉強できるようにしてくださったのだ。この先生はディアーナとアセルも教えているが私のせいで今はお休みだ。そこまでの万全の態勢をとられているというのに、このありがたい環境を生かしきれないというのは申し訳なさすぎる。

おかしい。ここに来ればミハエルの隣に立っても恥ずかしくないよう、徹底的な指導が入るのではなかっただろうか。刺繍に関してだけは自信があったが、その他も教えることがないと言われてしまうのは予想外すぎた。

「貴族の家系図も頭に入ってらっしゃいますし、その土地の特産物などに関しても覚えていらっしゃるので、社交でもそこから話題を広げられるかと思います」

今まで勤めた貴族の相関図はもちろん頭に入っている。覚えておかなければ、給仕する際に、ご機嫌を損ねることがあるので、使用人としては大切な情報なのだ。さらにミハエルに関係しそうな貴族についても調べてある。何なら弱みになりそうな情報も握っているので、もしもミハエルに何かしようと悪だくみをしたらこちらからも反撃可能だ。

特産物はお仕事に行くたびに、カラエフ領でも何かできないかなと調べていたからで、話題を広げるためのものではない。しかし先生が思うとりあえず覚えていなければいけない範囲は合格しているようだ。……採点がゆるくないだろうか？

「諸外国の話題については、むしろ私の方がご教授していただきたいほどです。片言でも他国の言葉を嗜んでいるご令嬢は少ないと思います」

「そうでしょうか。ですが、他国の文字の読み書きはできないので、あまり役立たない気がするのですが」

「外国で生活したり、通訳などの仕事をされたりするならば文字も覚えるべきでしょう。しかし我が国へ来られた高貴な方は、通訳を雇っているものです。ですからあちらの言葉で挨拶や自己紹介をするだけで喜ばれるものなのです」

おもてなしをする分には十分だと。

でもどうしても手紙のやり取りをしなければいけないとか、偶然通訳とはぐれてしまった貴婦人を無事お家に送り届けなければいけない時とか、異国の犯罪に巻き込まれて犯人と交渉――するわけないか。うん。分かっている。そんな緊急事態が結婚するまでの短い間に起こるはずがない。

だから家庭教師の先生の言う通りだろう。そもそも夏までの短期間ではしっかりとした語学は学べないし、使わなければ忘れていってしまう。でももう少し何かないだろうか。ミハエルと結婚すると思うと、何もしないというのは心配でならない。

「もしももっとしっかり語学を学ばれたいのでしたら、私でなくそれ専門の方にお願いするべきでしょう。その場合、王都で雇われた方が、人材も豊富だと思われます」

「はい」

公爵領もかなり発展しているが、王都はそれ以上な上に、海に面しているので外国とのやり取りも頻繁だ。結婚後は、ミハエルが住む王都へ行くことになるので、彼女の言い分はもっともで、反論の余地もない。

でもがむしゃらに何かに向かっていないと、心配でたまらなくなる。何か他に、貴族令嬢として必要なことは――。

先生に質問することはないかと頭を悩ませていると、ピアノの音が聞こえてきた。音がつっかえ途切れることもない、とても素晴らしい音色だ。

「この音楽は、どなたが弾かれているのですか？」

そういえば、以前働いていた場所では、ご令嬢がピアノを習っていたことを思い出す。掃除をしていると、自然に聞こえてくるのだ。

その時のご令嬢はつっかえたり、繰り返し同じ場所を練習されたりしていた。だから令嬢は嗜み程度に弾ければいいのかと思っていたけれど、よく考えれば音楽を多少なりとも嗜んでいれば、音の違いも分かるというものだ。この先私もミハエルや他の貴族の方と音楽を聞く機会もあるだろう。その時よく分からないまま聞くよりも、多少知った上で音を聞き分けた方がきっと上手い返事もできる。

また公爵家で舞踏会を開催しなければならない時に、どちらの楽団のどの音楽を流されますかなどと聞かれても、さっぱりだ。聞き分けなんてできる気がしないし、楽団の方に言葉をかけるとしても、いつも『素晴らしい演奏でしたわ』と愛想笑いしながら誤魔化し続けることになりかねない。

そんなことになれば、公爵夫人は芸術に疎い田舎者だと後ろ指を指されるのではないだろうか？　私が笑われるだけなら問題ないけれど、そのせいでミハエルまで笑われたら？

駄目だ。そんなこと耐えられない。

「これはディアーナ様でしょうね」

「え？」

「ディアーナ様は正確な弾きは得意ですが、音楽に感情をのせるのは不得意ですから。逆にアセル様は時折間違えますが、上手く誤魔化してしまい、楽しく弾かれる方ですね」

な・ん・だ・と?!

これがディアーナ様の演奏？　えっ？　ご令嬢のピアノはつっかえるものではないの？　間違えるのが当たり前で、嗜む程度じゃないの？

あまりに上手だったので、てっきり音楽の先生が弾かれているのかと思った。もしくは、誰かプロの方が弾きに来られているとか。

というか、感情をのせるって何？

あまりの新事実に私は呆然としてしまう。

「そういえば、イリーナ様は最初に音楽や芸術の分野に関しても心配だと言っていらっしゃいましたね」

「あの。その。その辺りは本当にまったく分からないので心配なんです」

音楽や絵画、文学などの芸術はお金持ちの娯楽という面が大きい。貧乏な伯爵令嬢では関わるタイミングが一度もなかった。

だから少しだけ嗜めればと思っていた。そう、そんな軽い気持ちだったのだ。まさかこんな、プロのような演奏ができるものだなんて思っていなかった。しかもディアーナ様は私と同じ十八歳。……過ごしてきた年月の差を大きく感じる。

「こちらはご令嬢でも手習いされている方は少ないので、そこまでご心配になられなくても大丈夫ですわ」

「そうなのですか？　でも、ディアーナ様はあんなにお上手で……」

というか、私の場合、聞き分けすらできる自信がない。確かピアノには特別な言語というか記号があり、それも読めねば弾くことはできなかったはず。

芸術など金持ちの道楽だと、そこまで真剣に取り組んでこなかったことを今更ながらに後悔した。だってまさかその金持ちのお家に嫁ぐなんて、誰が思うだろう。このままでは、本当にミハエルが笑い者になる可能性が……ひぃぃぃぃぃぃ。

「バーリン公爵家は少し特殊ですから。現王家は、西洋文化を取り入れることに邁進しております。コルセットのドレスをはじめ、音楽やバレエ、芸術と様々な新しいものを取り入れ続けています。バーリン公爵家は、王家ととても仲のよろしい家系ですので、芸術をより学ぶ機会も多いのです」

「だとしたら、やはり私があまりに無知では……」

学ぶことが見つかったのは喜ばしいが、あまりの差にどこから手を付ければいいのかも分からずしょんぼりと肩を落とす。やらなければというのは分かるのだけれど、何からやればいいのか分からない。

「初めに申した通り、バーリン公爵家が特殊なのです。その他貴族は、趣味としてといったところです。こちらは結婚なさって、王都に住まいを移されてから始めてもよろしいかと思います」

「ですが、私ができなさすぎてミハエルの顔に泥を塗ってしまったら――」

「あり得ません。人間は何でもかんでもできるわけではございませんから。自分もできないことを笑うなどその方の方がよっぽど恥ずかしいです。それにイリーナ様にはイリーナ様の素晴らしさがございます。芸術は知っていればいいというものではありません。楽しむことが大切です」

私の言葉を遮るように先生は言うとニコリと笑われた。彼女はあまり笑わないので、珍しい。

よほど私が、泣きそうな顔をしていたのかもしれない。

「王都ではバレエやオペラを見る劇場や、美術館など様々な芸術に触れる機会がございます。そこで実際にやってみたいものを選んでから、それ専門の教師を付けられるのがよろしいかと」

バーリン領はカラエフ領に比べれば芸術面に力を入れている。それでも王都の方がというのは分からなくはない。王都は王が主導で行っているので力の入れ方が違う。

「それに音楽と言っても、ピアノだけではございません。歌や弦楽器、木琴やフルートなど様々です。弦楽器もハープとバイオリンでは全然違います。自分が触れてみたいものをまずは選ぶのが大事です。慌てる必要はございません」

「……分かりました」

とりあえず、詰め込めば何とかなるというものではないようだ。

それに芸術というのは音楽だけではなく、絵や陶芸と幅広い。音楽だけ知っていれば終わりではないのだ。どう考えても結婚までの短い間に何とかできるものではない。

「ミハエル様のご心配が少しだけ分かりました」

「ミハエルが私について何か言っていたのですか?!」

ダメダメだからしっかり指導して欲しいとか助言されていったのだろうか？　あり得る。私の実家の貧乏度も知っていらっしゃるから、無作法さなんて山ほど目についただろう。

「彼は型通りの授業ではなくイリーナ様に合った授業をして欲しいと言っていらっしゃいました。たぶん私は、イリーナ様に自信を持たせるために呼ばれたのでしょう」

「自信ですか？」

「はい。ご自分がどこまでできるか分かれば、それが自信となります。分からないことも明確になれば、イリーナ様はご自分で学習できる方ですから。そちらも自信に変えていけるでしょう」

いや、今、芸術について、どこからとっかかりをつけたらいいのか分からないと悩んでいるんですけど……。

色々不安を残しつつも、その後も私を褒めるだけ褒めた先生は、アドバイスはしてくれたが時間になると帰って行った。違う意味で私はぐったりしてしまい、机に顔を付ける。

「ミハエルの嫁予定だから採点が甘いのかしら？　ミハエルも私に合わせてとか言っているし。もっと寝る間を惜しんで頑張る気だったのだけれど……」

家庭教師に匙を投げられたとしか思えない現状が不安だ。大丈夫だろうか。

家庭教師というのはもっとこう、鞭でビシバシされるものではないのだろうか？　以前勤めていた屋敷のお嬢様は、家庭教師が来るたびに逃げていたなぁと現実逃避する。

「……ミハエル様を見て癒されよう」

私は立ち上がると、食堂に向かった。

食堂の扉を開ければ必ず出迎えてくれる推定六歳ミハエル様。嫌な気持ちが一気に浄化される。

「ミハエル様……どうしたらよろしいのでしょう。私はここで、一体何を学べばミハエル様のお役に立てるのでしょうか？」

結婚が近づいていると思うと、余計に焦る。

何かご神託を頂きたいが、推定六歳ミハエル様は、可愛らしく微笑まれているだけだ。……いい。ミハエル様は微笑んでいるだけで尊いのだ。というか、やはりこれは自分で、自分ができる最善を探せという思し召しな気がしてくる。

「一応、フォークとナイフ投げは始めてみたけれど……、普通の生活で武器になりそうなものは他に何かあるかしら？」

夜は手が血豆だらけになるほど刺繍に明け暮れる予定だったのに、誰も何も宿題を出してくれなかったので時間が余ってしまったのだ。あまりに暇なので筋トレする以外に、普段身につけているもので敵を倒す方法はなにかないかと考えるようになった。睡眠不足はお肌の敵だと美容専門の使用人に言われたが、そんなことを言っても眠れないものは眠れない。

そんな中、貴族らしい生活を実際に送ってみて思ったことは、剣などの武器を貴族女性が普段の生活では持つことはないというものだった。一応暗器を忍ばせるようにはしているが、場所によってはそういうものを身につけるのが困難なこともあるだろう。そこで考えたのが、身近なものを武器にするというものだ。できれば飛び道具のように距離が開いていても使える物と考え、フォークやナイフを投げるという案に行きついた。

「あら、イリーナもこれからご飯なの？」

「あっ、ディアーナさま――じゃなくて、えっと。ディアーナとアセルもご飯ですか？」

振り返ればお二人が仲よく立っていた。

ピンクのドレスのアセルに対して、ディアーナは紺とクリーム色の生地を使ったドレスを身にまとい美しい。アセルが可愛らしい妖精だとしたら、彼女は凛（りん）とした女神のようだ。どちらも袖や胸元にレースがあしらわれ、刺繍もしっかり施された高級感あふれるドレスだ。……まあ、私もそうなんだけど。

でもこれを普段着とか……自分が着る立場になると汚さないか時折胃が痛くなる。ドレスは洗えないものが多いのだ。

「ちょっと早いけどね。音楽の授業が終わったから。イーラ姉様は、さっきまで座学の授業を受けていたんだっけ。どうだった？　あの先生、すっごい厳しいでしょ？」

「えっ？」

厳しい……厳しい？　こ、これはやっぱりアレ？　アレなの？

お前のような貧乏伯爵の娘が公爵家に嫁ぐなど片腹痛い。せいぜい恥をかいて、即刻離縁されてしまえという、家庭教師による嫁いびり！

「いや。ないない」

「イーラ姉様？」

　いくらなんでも、家庭教師がそういう嫌がらせをしたら、自分にはちゃんと指導するだけの能力がありませんといっているようなものなので、よっぽどミハエル様に傾倒した狂信者でなければしないだろう。そしてあの家庭教師は私と同じ匂いはしなかった。つまりは一般人……だと思う。

「あの。家庭教師の先生が、ミハエル教の信者で狂愛されていることなんてあり得ませんよね」

「あり得ないわね」

　ですよね。

　私も言っておいてなんだが、そういう空気があれば気が付かないはずがない。ミハエル教仲間は随時募集中なのだから。

「何か心配事があるの？」

「心配事と言いますか……」

　心配事しかないというか。私は食卓に着きながら、これまでの授業のことを相談してみた。あの先生方は、確か妹君達の授業もしていたはずだ。

「――というわけで、とても私に対する採点が甘いみたいなんです。やはりミハエルの婚約者という事であまり強い指導ができないとか何かあるのでしょうか？」

嫌がらせではないとしたら、次に考えられるのは、ミハエルの婚約者だから忖度されているというものだ。ミハエルから直接指導に関して言われているようでもあるし、意図しない虎の威を借る狐になっている可能性もある。

本当にそういうものがあるのなら、そんなことしなくていいのだとディアーナ達からも言ってもらいたい。

「それはないわよ。だって私達がそんな忖度されたことがないのですもの」

確かに婚約者よりも実の妹の方が忖度されてもおかしくない。それがないということは、そういうものはないということだろう。

「イーラ姉様がうちにお嫁に来る分には問題なかったたってことじゃないかな？　本当に今まで家庭教師の先生の授業を受けたことがなかったの？」

アセルの言葉に私は頷く。母親から最低限は教えてもらっていたし、私兵団の団長であるレフに『ミハエル様の敵を撲滅し体術』……もとい、護身術は習ったが、これは彼女の言う家庭教師とは少し違うだろう。

「ありませんでした。だから余計に普通が分からないんです。でも嫁ぎ先はあのミハエル様ですよ?!」

「あのミハエル様って……、ミーシャを神扱いしているとまた拗ねるわよ。それに使用人もいるし、そこまで難しく考える必要はないのではないかしら？」

　ディアーナの言い分はもっともだ。家庭教師の先生も後は実践あるのみという言い方だったのだから、その通りなのだろう。公爵家の年間行事は体験してみなければ分からない。それでも何もしていないと不安になるのだ。

「それにしても、家庭教師をつけていないなら、一体どこで学んだの？」

「算術と最低限の語学、それからマナー関係は母に教えてもらいました。後は色々なお屋敷で働く際に見聞きして覚えた感じです。元々私は真似るのが得意なので」

　貧乏が故に、様々なお屋敷で出稼ぎをするという変わった人生を歩んできた私だが、そのおかげで技術は盗むものだという意識が身についている。だから自然と相手を真似るのが得意になったというわけだ。

「得意……まあ、そうね。得意なのね」

「でもダンスは見ただけで真似られるものなの？」

「社交界の給仕をする際にダンスをしている令嬢の動きを盗み見て、練習は独自にしていました。だから対応できる感じですね」

　ミハエルと初めてお会いした時、彼は舞台の上で美しく踊っていた。だから私もこっそりダンスの練習はしていたのだ。恥ずかしいので、もちろん一人でこっそりだけれど。

「イーラ姉様はこの後ダンスの練習だけど、もう十分じゃない？　先生、明らかに、普段の社交界では踊らないようなダンスも教え始めているよ。まるでプリマを目指しているみたいな」

「と、とんでもないです。ダンスは地道な反復練習が大切ですし。確かにもっと私が若ければプリマを目指せたのにとは言ってくださっていますが……」

流石に成人してからバレエの主役であるプリマを目指すのは遅すぎるそうだ。凄く悔しがられていたが、そもそもプリマを目指していないので悔しがる必要はない。それにプリマというのは選ばれた人間がなるものなので、いくら関節が柔らかくても私はお呼びじゃないと思う。

「やっぱり！　ねえ、だったら授業をもう少し減らして、私達と遊びましょうよ。服だってちゃんと自分で選んで買うべきだし、それに合わせたアクセサリーや、靴や帽子も一緒に新調するべきよ。そうと決まれば、デザイナーを呼ぼうよ」

「ま、待ってください。すでに公爵家が用意してくださった、ドレスとかアクセサリーだけで十分ですから。今ので十分着回しできますし」

最初に用意されたドレスだって、まだ全部は着ていない。これ以上は勿体なさすぎる。人形のように美しいディアーナとかアセルが着飾るのなら、私もどんどん意見が出てくるが、対象が私だと思うと気分がのらない。むしろそこら辺にある安物や使用人の服で十分だと思う。

「服が嫌なら、エステとかやる？　外見も大事だけれど、中身も大事だし」

「いやいや。普通、中身というのは教養とかそういうものを指すのではないですか？」

「それも大事だけれど、美しいのは正義よ。美しいことを咎められる人はいないもの」

分かってはいる。もしも私がエステを施す側なら、姉妹の美しい金と銀の髪を宝石のようにもっと美しく、白く透き通るような肌はさらに生まれたての赤子のようにみずみずしくしたいと思う。しかしやられる側になると、私に対してその行為は勿体ないと思ってしまうのだ。

私は別に私の外見がそこまで見劣りしているとは思っていない。世間一般でいう普通だ。しかしミハエルやディアーナ、アセル、それに公爵夫妻を見ていると、越えられない壁というものを感じてしまい、私を磨いてもミハエル様にはなれないしと思ってしまう。所詮石は宝石になれないのだ。

それに人に色々塗りたくられ、もみ込まれたりしていると、生きたまま料理をされている気分になるのでその辺りもあまり気乗りしない理由の一つだ。すべてが終わった後、何故か私の方が疲れ切っている。

そして悟るのだ。

外見をどれだけ磨いても越えられない壁があるならば、まだ可能性が残されている教養などの知識をどうにかできないかと。それに知識は武器になることを、私はこれまでの経験で知っている。

「それでもやはりもっと、私は勉強する必要があると思うんです。ミハエルの隣に立つのですから、絶対恥などかかせるわけにはまいりませんし」

もう十分だと言われるならば、完璧のさらにその上の高みを目指すべきではないだろうか。

探せば、まだまだ学ぶことは沢山あるはずだ。少なくとも、フォーク投げは結婚までにもっと精度と飛距離を上げ、遠くからの暗殺者も撃退できるようになりたい。

「そういえば、先ほどディアーナのピアノを聞きました。音楽はあまり分からないのですが、とてもお上手でした。いつから習われているのです？」

あまり私の鬱々とした話ばかりしても楽しい会話ではないと思い、とっさに先ほどの音楽のことを話す。一体いつから学べばあんなに素晴らしい音色になるのだろう。

「始めたのは五歳ぐらいかしら？　でも私はそれほど上手ではないわよ？　教師には、もっと感情を込めてって何度も言われているし。ま、まあ。イリーナが気に入ってくれたなら、それは嬉しいけれど」

少しだけ頬を赤らめながら話すディアーナを見て愕然とする。

五歳から始めているというのも衝撃だが、それよりも『それほど上手くない』という言葉にガツンと殴られる。そういえば、感情がどうのというのは先ほどの授業でも先生が言っていたけれど。えっ？　あれで『それほど上手くない』の？

私が勤めたお屋敷のお嬢様よりずっと上手なんだけど。公爵家ではもっとハイレベルなものを求められているの?!

私の常識が通じない世界だ……。しかも五歳から学んで、そういう状態。確かに付け焼刃で何とかなるわけがない。わけがないけれど……どうしたらいい？

「イーラ姉様、大丈夫？　顔が青いよ？　やっぱり無理しすぎじゃない？　公爵家に来てから毎日勉強しているし」

わなわなと震えていると、アセルが心配そうな顔で覗き込んできた。その顔も大変可愛らしいけれど、今はそれにみとれる心の余裕がない。

「も、もっと頑張らないと」

でも一体どうすれば？

ピアノを少しでも早く始めた方がいいのか。でも一度も触ったことがない人間が、ディアーナレベルになるまでには一体何年かかるのだろう。しかもそのレベルでさえ『それほど上手くない』……。どうしよう。やる前から無理だなんて言いたくないけれど、気が遠くなりそうだ。

「そんなに無理しなくて大丈夫だよ。それに別に先生が十分だとおっしゃられるなら、結婚してから学んでもいいんじゃないかな？　ねえ、お姉様もそう思うでしょ？」

「確かに向上心を忘れないのはいい心がけだけど、根を詰めすぎるのはよろしくないわね」

いつの間にか下に落としてしまった目線をあげれば、アセルだけではなくディアーナまでも心配そうに私を見ていた。……あれ？

勉強が大変だという愚痴は言っていないつもりだったのだけど、何か勘違いさせてしまったようだ。

「えっと。心配しなくても、まだそんなに根は詰められていないと思いますが……。血反吐も吐いていませんし」

「吐かないで‼」

元々の決意をポロリとこぼせば、二人に止められた。護身術の一環で習った剣術は手の血豆がつぶれて固くなってこそ一人前だったのもあって、いまいち貴族令嬢としての一人前は分かりにくい。

「そうだ。ねえ。これ以上イーラ姉様が根詰めないように、ちょっと気分転換に旅行に行こうよ！」

「へ？」

唐突なアセルの思いつき発言に、私は間抜けな相槌を打った。

根を詰めすぎないようにという言葉と、気分転換という言葉は一応分かる。技術はがむしゃらにやれば身につくとは限らない。でもそこから、【旅行】という単語が出てくるのが理解に苦しむ。にっこり笑う姿は可愛いけれど、誤魔化されていい話ではない。

「いきなり旅行って、行く当てはあるの？」

アセルの思いつき発言にディアーナが眉をひそめた。そうですよね。普通そういう反応ですよね。

「ほら、前にお兄様が王都で流行っている薔薇のペンダントを買ってくれたじゃない？　私、それとおそろいのイヤリングが欲しいの。折角だから皆で買いに行こうよ」

「……確かに、王都だったらそれほど遠くはないし、泊まる場所も確保できるわね。私も他のアクセサリーを見てみたいわ」

えっ。

あまりに無計画な話にディアーナなら絶対反対すると思ったのに、予想に反して前向きな検討に入り、私は戦慄（せんりつ）する。……そういえば、ディアーナは表面上冷静沈着な完璧な貴族令嬢だけれど、その実、ミハエルと同じで面白いことが大好きな行動派の人だった。

彼女達にとっては思いつきで旅行に行くなんてわけないのだろう。とはいえ、それに付き合わされる使用人の叫びを思うと、いいですねとは同意できない。私もついこの間まで、使用人の立場だったのだ。

「あ、あの。私はまだまだ勉強中の身なのでご遠慮させていただきたいのですが」

それにどうせ結婚したら王都に行くのだから、わざわざ今旅費を使う必要はない。公爵令嬢の二人が旅行へ行くのは彼女達の自由なのでいいけれど、私には分不相応である。少なくとも、旅行に行くために公爵家に厄介になっているわけではない。私はもっと学ばなくてはいけないことが沢山ある気がする。

「なにを言っているの？　イリーナのための旅行なのに貴方がいなくては意味がないじゃない。ああ。旅費なら気にしないで。私達と馬車で一緒に移動することになるし、王都には別宅があるから宿泊費もかからないわ」

「別宅の存在は知っていますが……ミハエル様がお住まいの聖地に宿泊など申し訳なさすぎます。やはり私は――」

「申し訳ないって……。結婚したらイリーナはそこに住むんですからね？」

ディアーナに呆れたような顔をされた。

分かってはいる。結婚したら【ミハエル様が住む聖地】での生活が始まるのだ。……私の心臓は大丈夫だろうか？　入った瞬間、止まってもおかしくない気がする。それぐらい私にとっては特別な場所なのだ。

「ねえ、行こうよ。王都に行けばお兄様が働いている姿が見られるかもしれないよ？　春なら水の神形の討伐の仕事も沢山あるし。戦うお兄様見てみたくない？」

神形の討伐は、ミハエルの仕事だ。

アセルの言葉に、私の脳内にミハエルが軍服で剣を振るう姿が思い浮かぶ。水の神形を薙ぎ払い水しぶきを浴び、キラキラ輝くミハエル。……なんという、破壊力。見たい。それはすっごく見たい。

氷龍の討伐は雪山に入ることになるので、ご迷惑をかけないためについていけなかったけれど、王都に出現する神形相手ならば私も見ることができる。……ごくりと私は唾を飲み込んだ。なんという誘惑。

「それに私はイリーナの弟君にもご挨拶したいわ。義兄弟になるのですもの」

「アレクセイは王都にある学校に通っているので、会うことは可能だと思いますが……」

アレクセイは自慢の弟ではあるけれど、結婚式では必ず会うわけで。あえて事前に顔見せをするほどの相手かと言われると悩むところだ。

「イーラ姉様の弟君って、私より年下なんだっけ？」

「はい。私の四歳下です」

「なら、私とは二歳差かぁ。どんな子なの？」

アセルに興味津々な表情で聞かれ、私は自分の弟のことを思い返す。そういえば、私もしばらく会っていない。

「そうですね。私とは違ってとても明るくていい子です。髪色は私と同じ亜麻色ですが、目の色は母譲りで湖のような青色をしているんですよ」

弟から連想するものは、子犬だ。いつも私が仕事から帰ってくると、私の名前を呼んで駆け寄ってくれた印象が強い。もう身長も伸び、さらに寮生活をしているので、ずいぶん前の話になるのだけれど。

私は内気でどちらかと言うと根暗だったので、小さい頃はいつも元気いっぱいで社交的な弟とは正反対だと思っていた。それでもそれなりに仲がいいのは、弟の性格によるところが大きいと思う。

「後は……少しだけ口が回りすぎるのが欠点と言いますか」

「口が回る？」
「女性は褒めるものだと思っているようで、隙（すき）があればとにかく褒めて、褒めて、褒め殺してきます。王都の学校は男子校なので、そこで少しは寡黙（かもく）さも学んでいると思うのですが、私に対しても褒め殺してくる子なので……」

　相手を褒めるというのはいいことだ。でもどんな花でも水を与えすぎれば根腐れするように、褒めすぎるというのも考え物だ。姉である私に対して言う分にはまだいいが、ご令嬢に対してやりすぎるとその気がないのに勘違いさせるという危険もある。事実、領地では、弟の周りには女子が必ずいた。身分などで差別しない明るい子なので男の友人も多いが、それでもちらつく女子の影。

　流石に姉である私にまで牽制（けんせい）してくるような子はいなかった。でも逆に私を懐柔（かいじゅう）しようとしてか、とても好意的に近寄ってくる弟の異性の友達の多いこと多いこと。一歩間違えば修羅場になるのではないかとハラハラしたものだ。幼少期でこれだったので、今は一体どうなっているだろうか。姉としては心配だ。

「お会いすると、お二人のことも天気の話をするかのように普通に褒めてくると思いますが、他意がないことだけは確かなので許していただけると幸いです」

　ディアーナもアセルも婚約者がいる身だ。それなのに、口説いているなどと思われたら困る。弟のあの褒め癖は、悪気だけはないと知っているから余計にだ。

「分かったわ。これから義理の兄弟になるのだし、こちらとしても仲よくしたいから、心に留めておくわ」

「ありがとうございます」

確かに義理の兄弟同士。仲が悪いよりはいい方が問題も少なくてすむ。そう考えると私の結婚式当日に様々な失態が起きて大問題になるよりは、今のうちに弟を知っていただいた方がいいかもしれない。

だとすると弟にわざわざ会いに行くのもありだ。ミハエルの結婚式なのだから、万全の態勢で臨みたい。

「……分かりました。行きましょう、王都」

旅行代金は、すごく勿体ないけれど、ミハエルの妹君の決められたことならば従おう。そして行くと決めたなら、さっさと腹をくくって準備をした方がいい。

折角行くならば絶対ミハエルの姿をこの目に焼き付けよう。聖地巡礼だ。一瞬たりとも無駄にはできない。

「よーし。折角だから、お兄様には内緒にして驚かせようね！」

「はい。ですが、先生にお伺いを立ててからでもよろしいですか？」

まだ昼食の後はダンスの先生がいらっしゃる予定だ。先生方もわざわざ都合をつけて来てくださっているのだから、連絡なしに突然休むなんて失礼なことはしたくない。

旅行の準備も、ダンスレッスンの後だ。

「うー。分かったけど、ちゃんとお休みもらってね。やっぱりだめでしたはなしだからね」

不服そうな顔をするアセルに苦笑いを返しつつも、私は様々な角度の軍服ミハエル様を想像して、旅行に胸を弾ませるのだった。

二章：出稼ぎ令嬢の旅行

私達が住むザラトーイ王国の王都はスイーニィという名前だが、別名で【水の都】と呼ばれている。一年中凍ることのない海に面した都市であり、さらに町の中をいくつもの川が流れている。綺麗に整備された風景はとても近代的で素晴らしいので、散策したり、遊覧船に乗ってめぐるだけで楽しめる場所だ。

さらに王都では、王族が集めたものを展示する美術館や、オペラやバレエ、音楽を楽しむ劇場など、王族主導で芸術に力を入れており、私の故郷であるカラエフ領とは同じ国だとは思えないぐらい、大きく違った趣をしていた。街を歩く人も、異国の方だろうなと思われる人がちらほらいるし、平民ですら西の国で流行りのコルセットでしめた服を着ている。そもそも田舎の農村と比べるのが間違っているのだけれど。

聖堂ですら、田舎のものと比べものにならないぐらい立派な建物なのだ。建物の上に聖人や天使の像が飾られていてとても美しい。中はさぞかし煌びやかな内装になっていることだろう。

「イーラ姉様は王都に来たことはあるの？」

王都につき停車した馬車の窓から外を眺めていると、アセルがたずねてきた。

「はい。仕事で何度か来たことはあります。でもこうして観光しに来たのは初めてで……やっぱり、海は凄いですね」

王都での仕事は結構多いのだが、宿泊費や移動費、移動時間に物価、もろもろを考えると、仕事以外ではあまり滞在はできないのだ。だから本当に仕事をしたという記憶しかない。でも仕事をしていても感じる存在感。それが海だ。

「えっ。海？」

「はい。海です。うちの領地、海からとても遠いので。川はあるんですけど、やっぱりいいですね、海」

王都に入って最初に違いを感じるのは匂いだ。海から漂う磯の匂いは、私の領地にはない。芸術の都、流行の最先端等、色々言われているが、私としては、やっぱり大自然の海を推したい。あの向こうに知らない世界があると思うとわくわくする。

その次にミハエルが武官として勤めているというところが見どころだろう。同じ王都にいるというだけで、生きていてよかったと思える。……いや、こっちを一番に推した方がいいのだろうか。海かミハエルか。今ミハエル様愛が試されている。

「まあそれを言われれば、私達の領地だって海には面していないわね」

「王都は結構頻繁に来るからあんまりありがたみがなくなっているのかも」

公爵領と王都はそれほど離れていない上、王都には別宅もある。今回の旅行もあまりに唐突な思いつきだったにも関わらず使用人達は慌てることなく準備を整え、五日後には出発していた。この手際のよさは、日ごろからよくあることを示しているのかもしれない。

「そうなのですね」

「知っていると思うけど、貴族の多くは領地ではなくて王都で過ごすことが多いの。全員が全員というわけではないし、私達は領地で過ごすのが好きなのだけど、貴族同士の付き合いとなると、やっぱり行かないわけにはいかなくてね」

「近いから領地で過ごす比率が高いというだけだしねぇ」

私の場合、貧乏伯爵令嬢だからお茶会や舞踏会に招待されないというのはあるが、王都に別宅を持っていないから物理的な距離でも出席が難しいというのもあった。私の家から王都までの距離はかなりあり、行くだけでも大変なのだ。

「観光をあまりしたことがないのなら、どこに行く？　最近一般公開が始まった王室美術館もいいし、劇場での鑑賞も楽しいし、散策だけでも楽しいよ」

「買い物もいいわね。王都は王都で素敵なお店があるの。……イリーナの私服をもう少し増やしてもいいんじゃないかしら？　なんだか身長とか伸びてないかしら？」

「成長期は終わってしまったので伸びていません、大丈夫です。間に合っています」

隙を見せればすぐさま服を買われそうな状況に、私は全力でお断りをする。公爵家で何着新しい服を用意してもらったと思っているのだろう。……金額を考えると眩暈が起こる。ディアーナはまったく気にしていないが、服というのはとても高価で、田舎では数着を大切に使うのが一般的なのだ。すでに公爵家で用意していただいた最新のドレスだけでも、私が持っている服の枚数を超えている。

今日私が着ている花の刺繍が入ったオリーブ色のドレスも、リボンのついた帽子も、ブーツも、とにかく私が身につけているものはすべて公爵家で用意されたものだ……。自分の身につけている金額が恐ろしい。

経済を回すためには金持ちがお金を使わないと困ると商人と話したことはあるけれど、いざ回す側に立つと、長年染みついた貧乏性が拒否反応を起こす。これもミハエルに恥をかかせないためだと思えば何とか耐えられるが、わざわざ自分から買うのは無理だ。それにこんなに沢山の服を着回す自信がない。今ですら死蔵になりかけているドレスがあると思う。

自信がないのは、把握しきれてないからだ。あまりの多さに、使用人のオリガにドレス選びは一任した。私が把握しているのはランニングのための乗馬服ぐらいだ。

「それに、あまり私達がフラフラ歩いていると、使用人の皆さんも困るのではないでしょうか？」

私が会話するのは、ディアーナとアセルだが、実際にこの場にはさらに三人の付き人がいる。やはり公爵家のご令嬢が街中をフラフラ歩くのは危険だ。私のような平凡な外見なら周りに溶け込むこともできるが、二人はとにかく目立つ。

今日の服は動きやすいようスカートのふくらみを小ぶりにし、上から長い外套を羽織っていた。アセルは流行りのフードのついた赤い外套、ディアーナは黒い外套でアクセサリーはイヤリングを付けている程度なので、これならば街中を歩く人とそれほど変わらない。それでも道行く人が振り返るような美少女なので、ものすごく目立つだろう。いっそ私のような田舎者が着るサラファンならと思ったが……上品に着こなしている想像しかできない。コルセットの服がこれだけ一般でも着られていると、むしろ逆に目立つだろう。どう考えても、犯罪に巻き込まれかねない。

「お気にされなくても大丈夫ですよ。慣れておりますから」

にっこりと一人の使用人が笑ったが、私も気持ち的には彼らと同じだ。この二人を守るのが私の使命。それなのにあえて危険を増やしに行くのは気が引ける。二人が行きたいのならどこまでもお供をするけれど。

「ただし遊覧船の利用だけは控えていただければ助かります。もしもどうしても乗りたい場合は、公爵家の船を出しますが……」

「結構です」

公爵家の船って何？

恐ろしい単語が聞こえてきて、私は耳を塞ぎたくなる。……私、本当に頑張れるだろうか。

金銭感覚の違いが恐ろしい。

「ただ……えっと。ちょっと近くで見たいなとは思いますが」

「それなら大丈夫ですよ。水の神形の討伐風景は見ものですからね。近くで見ながら飲食できるお店もございます」

「……そうなんですね」

そこの席料、いくらなんでしょう。

聞きたいけれど、聞くのはマナー違反だ。分かっている。普通の貴族は、安全確保のために、そういった席を買う。

「イリーナは春の王都は初めてかしら？」

「いえ。その時も討伐の仕事をし——、近くで見たことがあります」

「お兄様も春の討伐に加わることもあるものね」

「はい。私も一目でいいので戦うミハエルを見たいと思いまして」

王都は春になると、水の神形が沢山現れる。代わりに冬に氷の神形はあまり出ないので地域差という奴だ。海も川もある地形のせいかもしれない。そして水の神形は小さいうちに退治しないと、水の中で成長し、やがて大規模な水害を起こす厄介な性質があった。そのため春の王都では水の神形の討伐が風物詩となっている。この一斉討伐が行われるからこそ王都は災害がなく、暮らしやすい土地となる。しかし遊覧船は水の神形の餌食になりやすいので、春は運休する。一部命知らずというか、物好きな船乗りが遊覧船を動かし客を取るが、その場合怪我や命の保証はないと事前に契約書にサインを求められる。

うん。絶対公爵家のご令嬢を乗せてはいけない。

「今日ではなくても、滞在中に討伐を見に行こうよ。お兄様もそうだけど、お姉様の婚約者もいることがあるし。予定をお兄様に聞けば見られるんじゃないかな？　お姉様ってば、婚約者の軍服姿が見たいがために、ずっと飲食店で出待ちしていたことがあるんだよ」

「アセーリャッ!!」

ディアーナはアセルの口を塞ぐと、顔を真っ赤にした。肌が白い分、照れるととても分かりやすい。

「そういえば、ディアーナの婚約者様は、武官でしたっけ？」

実際にお会いしたことはないが、情報としては知っている。ミハエルと同い年で、同じ学校を卒業後、ともに武官になられたはずだ。

「そうよ。といっても、衛生部に所属しているから、裏方の仕事なんだけどね」

衛生部は武官の怪我の治療や伝染病の予防が主な仕事となる、裏方の部署だ。ミハエルが所属する討伐部に比べると露出が少ない分地味な感じとなるが、縁の下の力持ちという奴で、いないと困る部署でもある。

「神形の討伐だと、怪我人の医療従事者として参加しているから見ることができ――むぐ」

「だから何でしゃべるの。べ、別に。討伐の様子が面白かったから少々長居してしまっただけよ。決して、エーリャが白衣姿で働いているところが見たかったというわけではないわ」

　見たかったんですね。

　慌てたようにアセルの口を手で塞いだディアーナは、顔を真っ赤にしていたので、分かりやすい。ディアーナの婚約者であるエリセイは先に成人し働き始めてしまったので、一目働く彼を見たかったのだろう。軍服姿のミハエルも尊いのでとてもよく分かる。普段着とはまた違うよさがあるのだ。

「でもミーシャは討伐部に所属しているから、確実に神形討伐に参加するでしょうし、見に行きましょうか」

「はい。ミハエル様の戦う姿、とても楽しみです」

「イリーナ、また【ミハエル様】呼びに戻っているわよ。これから会うというのに。ミーシャが拗ねると面倒だから、気を付けてね」

「ど、努力します。聖地に足を踏み入れたせいで、信仰心が強まってしまって……」

【ミハエル様】は幼い頃から私にとって、神様だったのだ。長い間、心の中でずっとミハエル様と呼び続けたため、その呼び方が定着してしまっている。

「折角だしそろそろ、お姉様と私のことも略称で呼んだら？　呼び捨てにはしてくれているけど、何だか寂しいな。お姉様もそう思わない？　これから家族になるんだし」

「そんな、略称だなんて恐れ多いです」

ミハエルさ――ミハエルの妹君を呼び捨てにしているだけでも罪深いと思っているのに、気安さ倍増の略称なんて許されるはずがない。

「私は別にいいわよ。なら今日からイーラと呼ぶわ」

「えっ。そんなあっさり……」

まさかの本人から許可が出てしまい困惑する。

「私が呼んだのだからイーラも、ディディでもディーナでも、好きな略称で呼んでちょうだい」

「私も、私も。アセーリャって呼んでね」

「ぜ、善処します」

慣れだとは分かってはいるが、相手は十年も神と崇めていた人の妹なのだ。凄く呼びにくい。でも呼ばなければ何かにつけて言われそうだ。今までの生活との落差が酷すぎて、たまに辛い。百メートルほど離れた場所からミハエル様を見ただけでキャーキャー言っていた時代の平和だったことよ。中々ミハエル成分を摂取できなかったけれど、心臓が止まりそうな状況もなかった。

「善処じゃなくてね、ほら？」

アセルの期待した眼差しが痛い。これは回避不可能そうだ。

「アセーリャ。……えっと、ディーナ？」

「そうそう。お姉様もこっちの方がいいよね」

「まあ、私はどちらでも構わないけれど。変に不仲だと周りに想われるのも癪だし。いいんじゃないかしら？」

構わないなら、呼び捨てでと言いたかったが、ディアーナの口元が凄くゆるんでいるのを見て諦めた。嬉しいんですね。

確かに、変に勘ぐって面白おかしく噂を流す人はどこにでもいるので、公爵家としてとても目立つからこそ、悪い噂になりそうな情報は与えないに限る。

「それで、イーラは討伐以外には見たいものはないの？」

「そうですね……あっ。ありました」

「何？」

「ミハエルさ——の絵姿です。王都のお屋敷にも沢山あると伺っているので、凄く楽しみなんです」

使用人の話では公爵は何かにつけて家族の肖像画を残すのが好きで、王都の別宅にも沢山飾ってあるという噂だ。飾られていないものも保管してあるそうなので、そちらも是非見せていただきたい。想像するだけで胸がいっぱいだ。きっと別宅は楽園に違いない。

「絵姿って……イーラ姉様、うちで散々見てなかった？」

「本体も仕事が終われば帰ってくるのよ？　ある意味見放題よ？」

二人は呆れた顔をした。公爵家でもよくそんな顔で見られていたので、二人の反応は予想通りだ。それでも楽しみなのだから仕方がない。

「あれはあれ、これはこれです。肖像画として描かれたミハエル様は、何枚だって見たいですし、描かれた時期が違えば、それはもう違うミハエル様です」

もちろん本体も大切だけれど、肖像画は私も見たことがない、過去のミハエル様を見せてくれるのだ。信者としてはよだれ物の価値がある。

「……お兄様の前ではあまり肖像画ばかり褒めないでね」

「分かりました。どちらもしっかり褒めます」

平等に褒めるのは、ミハエルが拗ねないための完璧な対策だと思うのだけれど、私の言葉に、お二人は釈然としないような顔をされていた。でも褒めないという選択肢はない。声に出すなと言われれば、努力はするけれど……。無意識に神への感謝をつぶやいていることもあるからなぁ。

「お嬢様方。アレクセイ様との待ち合わせ時間が迫っておりますので、先に待ち合わせの場所に移動してはいかがでしょうか？　よろしければ運河沿いの通りを走らせますよ」

王都への旅行が決まってからすぐにアレクセイへの手紙を出すと、到着したその日に会うことがトントン拍子で決まった。道の関係で到着時刻が前後するかもしれないので、翌日でもよかったのだが、たまたま今日が弟の学校の休みの日だったのだ。

「まだまだ時間はあるから焦（あせ）って観光する必要もないし、そうしましょうか。じゃあ、準備をしてちょうだい」

そう言うと、王都まで走って来た馬車とは違う馬車が目の前へやって来た。王都までの道はどちらかといえば地味な外観の馬車で、栗毛（くりげ）の馬が三頭繋（つな）がれていた。私も使うことのある駅馬車によく似ていたが、内装は居心地よくされ、クッションなどが明らかに駅馬車とは違った。長時間乗っていたけれど、おしりがあまり痛くないのだ。

しかし新しく用意された馬車は外観から華美だ。新しく来た三頭の馬も立派な毛並みをしており、隅々（すみずみ）まで磨かれていた。

「えっ……あ。公爵家が所有する馬車だとこうなりますよね……」

馬車の豪華さは、その家の格の高さだ。私は躊躇（ちゅうちょ）してしまうが、盗賊対策でない限り、下手（へた）な馬車に乗れば他の貴族から後ろ指を指されるのだろう。

それにしても目立つなぁ。王族達に比べればどうってことはないだろうけれど。馬車の外に出ると、誰が乗っているのだろうという野次馬的な視線を感じる。

「馬も新しいものに替えましたから、元気よく走ってくれますよ」

「ははは」

慣れない豪華さに圧倒されつつ、私は新しい馬車に乗り込む。……できるなら私は、御者になりたい。それならば堂々と、公爵家のお姫様は素敵でしょうと宣伝できる自信がある。私自身はどうしても身の丈に合わない気がしてならなかった。

とはいえ、馬車の中から見る景色は素晴らしいものだった。運河には船に乗り討伐する武官の姿もあり、街のいたるところで足を止め眺めている観光客の姿があった。石造りの建物は調和が見事だし、どれもこれも高層で、圧倒される。今までは使用人の制服を着て、観光客に交ざりながら人にぶつからぬよう足早に道を歩くのが常だったので、こんなにゆったりと景色を眺めたことはなかった。

王都は田舎とは違い、スリなども多いのでぼんやりなんてしていられないのだ。

「着きましたよ」

ゆったりとした馬車の旅はあっという間で、王都にある聖堂の一つの前に馬車は止められた。丸い屋根が特徴の白壁の聖堂に巡礼者達が出入りしているのが見える。やはり田舎とは比べ物にならないにぎわいだ。

「ありがとうございました」

ドアを開けてくれた御者の方に御礼を言うと苦笑いを返されたが、この辺りは許して欲しい。まだ私は正式にミハエルと結婚していない貧乏人なのだ。公爵令嬢よりも、御者の方が私は親近感を覚える。

停車してくださった場所はしっかり舗装された場所だったので、降りるのに苦はなかった。

春の王都は気候的には暖かくて過ごしやすいが、舗装されていない場所は雪解けのせいで泥のようになっていて泥はねが気になるのだ。今着ている服がすべて公爵家に用意してもらったものだと思うと、できるだけ汚さずに過ごしたい。

「姉上！」

この馬車だと目立つだろうなと思っていたが、逆に目立つからこそ、弟のアレクセイはすぐに私達に気が付いてくれたようだ。ニコニコ笑い手を振りながら、こちらまで走ってくる。

「ごめんね。もしかして、少し遅れた？」

弟は学生服でも着ている白色の詰襟のシャツにジャケットを着ていた。一応身だしなみを気にしてきてくれたようだ。それとも王都に住んでいると、お洒落感が増すのだろうか。

「まさか。僕が早く着いてしまっただけだよ。気にしないで。それにしても、とても見違えたよ。いや、違うな……。元々姉上は健康的で美しかったです！　だけど今はさらに洗練された美を感じます。服がではなく、姉上本来の美しさを極限まで高めたため、内側から光り輝き、馬車から降り立つ姿など、まるで女神のよう——」

「はいはい。私相手にそんなに褒めなくって大丈夫よ？　すみません。彼が私の弟のアレクセイです。アレクセイこちらがバーリン公爵家のご令嬢で長女のディアーナと次女のアセルよ」

にこにこ笑いながら挨拶代わりの賛辞を送ってくる弟を私は止めた。

アレクセイは姉の欲目があるものの整った顔立ちをしていると思う。結ぶほどではないが長めの髪のせいでまだ幼さは残っているが、背丈もここ一年でぐっと伸びて、私と目線が同じぐらいだ。もしかしたら少し追い越されたかもしれない。口が達者で隙があると私を含めたすべての女性を褒めようとする悪癖はあるけれど、それ以外は礼儀正しくしっかりしている。

　そんな自慢の弟ではあるけれど褒め癖のせいで問題になることもあるので、今は公爵家のご令嬢にご迷惑をかけないよう目を光らせなければ。その気がなくても、よく回る口がお二人を口説き始めたら、物理的に静かになってもらおうと思う。悪意がなければ何を言ってもいいのではないと、そろそろ理解するべき年齢になっているのだから。

「初めまして、ディアーナ様、アセル様。今姉よりご紹介に与りました、カラエフ家嫡男のアレクセイ・イヴァノヴィチ・カラエフです。噂に違わず、まるで妖精のように美しいですね。お会いできて光栄です」

「ありがとう。私もイーラの弟に会えて嬉しいわ」

「これからよろしくね」

　なんとか問題なく顔合わせができて、私はほっと息を吐く。男性が挨拶で女性を褒めるのは当たり前なのでこの程度なら問題ない……うん。たぶん及第点だ。私も二人のことを常々妖精のようだと思っているし。

　逆にアレクセイがディアーナやアセルの美しさや可愛さに一目ぼれした様子もなさそうなのもよかった。二人には婚約者がいるので、横恋慕は地獄行きだ。

「こちらこそよろしくお願いします。姉上、これからの予定は決まっている？」

「いいえ。観光したいなとお二人と話していたけどまだ何も決まっていないわ」

弟と合流したので、そろそろどこか決めなければいけないが、見所がありすぎて迷ってしまう。

「なら、ローザヴィ劇場はどう？」

「今からでも、今日のチケットって取れるものなの？」

ローザヴィ劇場は、王都ではとても人気の劇場だ。王家主導で作られた劇場なので建物だけでも美しく煌びやかだと聞く。そこではバレエとオペラを上演しているが、聞いた話では人気の公演だと、中々席が取れないらしい。私とアレクセイだけならば一般席でも問題ないが、ディアーナとアセルも一緒となれば、絶対個室型の貴族席でなければいけないだろう。

「実はこの劇場の支配人と母上が知り合いでね。姉上とその婚約者の妹を案内すると伝えたら、貴族席のチケットを譲ってもらえたんだ」

「そうだったのね」

母がローザヴィ劇場と関係があったのは初耳だが、若い頃は王都に住んでいたと聞くので、そういうこともあるだろう。

「ディアーナ……じゃなくて、ディーナとアセーリャはどうですか？　私は劇場も初めてなので、見られたら嬉しいですけど」

有名なローザヴィ劇場のチケットを使わないなんて勿体ないが、この二人は飽きるほど見ている可能性も高い。しかし二人はローザヴィ劇場の名前にニコリと笑った。

「いいわね。久々に見たいわ」

「私も賛成！」

「でしたら、開演時間も迫っていますから行きましょう。姉上。手を」

「何だか照れくさいけど、ありがとう」

アレクセイに手を貸してもらい再び馬車に乗り込む。こういう女性のエスコートも学校で習うのだろうか？　……習うんだろうなぁ。貴族なら様々な場面で女性をエスコートする必要がある。男ばかりの学校といえども、将来的には女性とのやり取りが必要となるのだ。ミハエルもいつだってスマートにエスコートしてくれる。

知らぬ間に大きくなったなぁと感慨深く思っている間に全員乗り込み、馬車が動き出した。

「アレクセイは女性と劇場へデートに行ったりするの？」

女性のエスコートが思った以上にスマートだったのでもしかしたら、すでに恋人がいる可能性もある。できれば彼には好きな人と結婚をして欲しいけれど、将来伯爵を継ぐ関係で中々自由にどうぞとも言えない立場だ。少し心配になって聞くとアレクセイは慌てて首を振った。

「まさか。姉上達が一生懸命用意してくれたお金で勉強させてもらっているのだから、そんなことにうつつをぬかしたりしないよ。感性を磨くために行くことはあるけど、大抵一人か男友達とだよ」

「そうなのね。変なこと聞いてごめんね。アレクセイも大きくなったし、エスコートも上手だったからもしかしてと思ってしまって」

嘘(うそ)をついている感じもないので、本当に女性とデートしたことはないのだろう。領地を考えればこれが一番いいのだけれど、あまり領地のことばかりで好きなことができないというのも私としては心配だ。

「エスコートは男の嗜(たしな)みで、学校で教えられるんだよ。いつか姉上にしてあげたいと思っていたんだ」

「姉に花を持たせてくれるのはいいけれど、そこはせめて未来の花嫁としておきなさい」

母親代わりも担った姉としては嬉しいけれど、あまりシスコンがすぎると、今度は結婚相手が見つからないという危険もあるので難しいところだ。私は苦笑するしかない。

「でも行ったことがあるなら安心ね。私は実をいうと一度も行ったことがないの。頼りにしているから」

ここには経験者のディアーナとアセルもいるし、何ならそれに付き添っている使用人の方々もいる。未経験者は私だけなのであまり心配はしていないが、私が何か無作法なことをしかけたら、できれば身内に止めてもらいたい。

「あ、姉上が、すべてを完璧にこなす女神が、僕を頼りに……っ！　頑張ります。誠心誠意、全力で、ご案内します!!」

アレクセイが武官のようにピシッと敬礼するので私は笑った。相変わらずアレクセイは冗談ばかりで面白い子だ。

「二人はとても仲がよろしいのね」

アレクセイと話していると、ディアーナが話しかけてきた。

確かに今まで働いてきた職場で聞く兄弟仲では、かなり仲がいい方だろう。性別が違うとあまり話さないという人もいたし。

「二人だけの姉弟ですから」

「姉上は清貧な生活の中、僕の面倒を見てくれた、僕が一番尊敬する聡明でやさしい女神のような女性ですから」

「アレクセイ。また口が回りすぎているわ」

「そうかな？　まだ言い足りないんだけど」

恍けたことを言うアレクセイに私はため息をつく。昔から、どうにもアレクセイは私を持ち上げて茶化す癖がある。見目がいいのと持ち前の明るさで、悪癖を理由に誰かから嫌われるといった経験はないようだ。しかし逆に言えば私以外の誰からも咎められないのでこの悪癖が直る兆しが見えなかった。学校に通えば少しは改善されるかと思ったが、今もなお絶好調のようだ。

いや、姉妹を褒めすぎず、身内である私を褒めるだけ、分別があると思った方がいいのだろうか。私だけなら勘違いをして修羅場になることもない。

「あのね。変に私を褒める言葉を入れると、相手に仲がいい理由が伝わりにくいのよ。すみません、ディーナ。簡単に言えば、母が忙しかったので、私が母親代わりでお守りをしていたことが多かったからなんです」

「姉上は僕と四歳しか違わないのに何でも知っていて、色々なことを僕に教えてくれました。お仕事に行ってしまった時は寂しかったけれど、僕一人が姉上のような優秀な人を独り占めしてはいけないと思えば我慢もできました。姉上は文武両道で何でもできて――」

「はい、そこまで」

私は物理的に隣に座るアレクセイの口を塞いだ。

「アレクセイ。私をそんなに褒めても仕方がないし、冗談の域を超えているわよ。何でもできるわけがないじゃない。まったく。本当にすみません。昔から弟は口達者で……。私とは全然似てなくて、とても明るくていい子なんですけど。どうしてこんなに、口が回るのか」

一体誰に似たのだろう。

人を褒めることは悪いことではないけれど、色々頭が痛い。

「私、今イーラ姉様とアレクセイ様が姉弟だってすっごく納得した」

「私もよ。二人はとても似ているわね」

「そうですか？　確かに同じ髪色ですけど……」

向かい合わせに座っている二人が納得といった表情で頷き合うのを見て、私は首をかしげた。

今の話の中で私と似ているところなんてあっただろうか？　見た目は血が繋がっているのだから、それなりに似ている部分もあるけれど性格は真逆だし——。

「見た目もだけど、ねぇ」

「うん。イーラ姉様もこんな感じだよね」

むやみやたらと人を口説いた記憶はないのだけれど。

釈然としないものの、初めて顔合わせをしたわりには和やかに会話が続いた。よかった。私はどちらかといえばそれほど弁の立つ方ではないので心配したが、人見知りしないアレクセイがその辺り上手く冗談を言ったりしてフォローしてくれている。

「——アレクセイ様は将来的には伯爵家を継がれるのね」

「はい。そのために今は勉学と人脈づくりを頑張っています。あ、僕は年下なので、敬称はいりません。アレクセイでもアリョーシャでも好きに呼んでください。姉上はアリョーシェンカと呼んでくれなくなって久しいですけど」

姉妹と会話していたアレクセイは図々しくも略称呼びを求めた。ディアーナに様づけで呼ばれたら、確かにそんなことしなくてもいいと言いたくなるのは分かるけれど、早くないだろうか？　私ですら、今日初めてディアーナをディーナと呼び始めたばかりだというのに。

しかし流石は人との距離の取り方が上手な弟だ。私が昔愛称で呼んでいた話題を引っ張り出し、略称など何でもないような言い方である。お二人もそれで気を悪くした様子もなく、ニコニコとしていた。

こうなっては私がそれを咎めるのもおかしな話だ。私は諦めて小さくため息をついた。

「学校に通うような年齢にもなって、姉が愛称で呼んでいたら恥ずかしいでしょうが」

小さい頃ならまだしも、いつまでもそんな呼び方できるはずがないので、王都の学校への入学が決まったタイミングで私は呼び方を変えた。略称を使うことも考えたが、正式な場で呼んでしまって恥をかくのが嫌だったので、無難に呼び捨てにして、とっさに間違えないようにしただけだ。アレクセイだって、絶対街中で愛称を呼ばれたらいたたまれない気分になったと思う。

「ええー。姉上なら構わないのに」

アレクセイは口を尖らせて言う。本当に学友の前で呼んでやろうかとも思うが、確実に姉がブラコンだという噂が流れるだけだと思い踏み止まる。巡りめぐって、それが原因でアレクセイが嫁をとり損ねても困る。ただでさえ貧乏貴族だから敬遠されがちなのに、さらに行きすぎたブラコンの小姑がいるような家に嫁ぎたい人は少ないだろう。

「アレクセイは本当にイーラ姉様が好きなのね」

「はい。世界で一番大好きで尊敬しています」

ああ。もう恥ずかしい。

アセルもわざわざ言わせている感じで悪戯っ子っぽく笑っているので質が悪い。ディアーナからは生温かい眼差しが向けられている気がする。

この場に味方はいないようなので、私は諦めて窓の外を見た。するとタイミングよく馬車が停車したようだ。

淡いピンクと白の大きな建物の前にある馬車の停車場にはすでに多くの馬車が停車していた。どうやらローザヴィ劇場への入場を開始しているらしい。

劇場前は石畳になっており、足がドロドロにならないためとても便利だ。さらに大通りに面した場所にあるので馬車での移動が容易く、この都市にある劇場の中でも最も大きく豪華な建物だった。立地条件だけでも、流石は王家主導でやっている劇場だと感じさせられる。

入口には今日の公演スケジュールが書いてあったが、すでにチケットがあるので素通りし中へと入る。中にはダンサーの絵姿や写真が飾ってあり、公演を待つ客が足を止め語り合っている。これがミハエルの絵姿だったら、私も一緒に語り合うのだが、生憎とバレエダンサーもオペラ歌手も知っている人がいなかった。

チケットがあるので、手荷物を預けた後は公演まで待つだけだ。荷物と外套を預けるのは使用人に任せて、私達は一度自分の席の場所を確認することにする。お土産を売っている場所もあるので記念に見たいけれど、公演が始まってしまうと中に入れなくなってしまうので、慌てないためにも席の確認は大切らしい。

　私達が座る予定の貴族席は完璧な個室ではないが、一応仕切られており、さらに大きなドレスでも座りやすいように座席が広めに作られている。二階席以上の高い場所になるので少々舞台からは離れてしまうが、オペラグラスなどを使えば問題ない。使用人は王都へ行くならもしかしたら劇場に行くかもしれないと考え、それぞれのオペラグラスを用意してくれていた。突然決まった予定にも関わらず、流石公爵家の使用人だ。抜かりがない。

「なんだかお嬢様にでもなった気分だわ」

「姉上……。一応僕らも、貴族だからね」

「一応ね」

　長く膨らんだスカートは特に階段では足元が見えず歩きにくいので、アレクセイが率先して私のエスコートをしてくれていた。そのためボソリと独り言をつぶやけば聞こえてしまい苦笑いを返される。でもこれまでの人生、こんな風に動きにくい高価なドレスを身にまとって優雅にバレエ鑑賞なんてあり得なかったのだから仕方がないと思う。

　この服で動き回るには鍛錬が必要だなと思いつつ、なんとか二階まで登った時だった。

「えっ……」

　遠目だが、銀色の髪の男性を目にしてしまった私は足を止めマジマジとその姿を見つめた。姿勢よく、すらりとした長身の彼を私が見間違えるはずがない。

「ミハエル？」

「えっ？」

「嘘。どこ？」

私の言葉に反応して、後ろから登っていたディアーナとアセルも私の目線の先を見て、固まった。あの銀髪は間違いなくミハエルだ。そしてそのミハエルの隣にいる金髪の女性は、彼に腕を絡ませてエスコートされていた。顔の表情まではちゃんと見えないが……これは何だろう。私は何を目撃してしまったのだろう。

「……何で、エーリャがここに？」

エーリャ？

ミハエルではない男性名がディアーナの口からこぼれ落ちて首をかしげる。

エーリャとは、先ほど話題にも出たディアーナの婚約者の略称のはず。よく見ると、ミハエルの後ろをもう一組の男女が歩いている。茶髪の彼がたぶん婚約者のエリセイだろう。顔が見えないので絶対とは言いきれないけれど。そんな彼は身長が同じくらいの茶髪の女性と腕を組んでおり、まるで恋人同士が歩いているかのよう……。そのことに気が付き、私はそろりとディアーナを見るが、ディアーナは無表情で固まったままだ。

「まさか、ダブルデート？」

アセルの言葉に、やっぱりそう見えるよねと改めて思うけれど、何と言っていいか分からず言葉に困る。むしろまずは、本当にあれがミハエルとエリセイなのかを確認した方がいいんじゃないかと思ったが、四人は仲よく貴族席の中に入ってしまった。一応個室扱いになっている貴族席に勝手に入るのはいくら知り合いでもマナー違反になるし、ここでことを荒立てるのは公爵令嬢という立場的には避けた方がいい。個室といっても丸見えだし、この劇場は貴族もよく訪れるので、下手に騒ぎを起こせば、気分が悪くなる噂が蔓延することになる。

とはいえ、こんな状況ではディアーナも冷静ではいられないのではないだろうか。

「あ……えっと……」

「……色々思うことはあるけれど、まずは折角の舞台を楽しみましょう」

何と声をかけていいか分からず戸惑ったが、ディアーナはいつもと変わらない口調で、足を止めてしまった私達を促した。私はさらに上に登るために足を動かすが、張り詰めた空気はそのままだ。凄く気まずい。

普通なら私もミハエルの浮気について色々考えるべきなのだろうけれど、薄い氷の上を歩いているようなギリギリの空気なため、ディアーナのことが気になってそれどころではない。

そのためひとまず保留にし、私は彼女の言うままに自分達の割り振られた席に着くのだった。

……正直、バレエの内容が入ってこなかった。

オペラグラスもあるし、場所もよかったので、舞台前で楽器を演奏するオーケストラの方々までよく見えた。本当に素晴らしいダンスと音楽だったけれど、席に座ってからずっと静かなディアーナが気になって仕方がなかったのだ。声を荒げているわけでもないのに感じる存在感。

バレエのストーリーは恋人のいる青年が妖精に心奪われ、恋人を思い出した時には時が流れており恋人はすでに死んでいたという悲恋ものだった。正直何故このタイミングで、この演目を選んでしまったのかと思う。しかしこのチケットを譲ってくれた方に罪はない。それでもこれを見たディアーナの反応が恐ろしくて、私は舞台に集中できていないにも関わらず、舞台の間中ディアーナの顔を見ることができなかった。

隣で彼女が何かをすることはなかったけれど、ひんやりと空気が冷たい気がする。顔を見たら氷漬けになるのではないかという馬鹿げた妄想が頭をめぐった。まさに雪の女王が降臨している。

「さあ。終りましたし、食事にでも行きましょうか」

折角だから売店でお土産を見ましょうという空気にもならず、私達は足早に劇場を後にした。幸いなのか、それともちゃんと確認できなかったので不幸なのか、帰りはミハエルとエリセイの姿を見ることはなかった。貴族席からもミハエル達を見ることはできず、怒りが頂点に達してディアーナが襲撃するという危機は訪れなかったので、幸いとした方がいいだろう。貴族席から確認できた顔ぶれに、噂好きの夫人が見えたので、もしもそんな事件が起きれば大変なことになっていた。やっぱりここは、大人しくしておくのが正解だ。

　使用人が事前に予約を入れてくれた飲食店は、劇場のすぐ近くだった。公演が終わりこちらに客が流れていたので、とても店内はにぎわっていたが、店内に入るとすぐさまウエイターが奥に案内してくれる。流石は公爵家。

「ここは王都でよく利用するお店で、舞台を見た後は少し大きな声で談笑してもいいように個室を利用させてもらっているの」

「そうなんですね」

　相槌（あいづち）を打ったものの、そのままシーンと静まり返る。談笑なんて遠い夢のような、空気だ。

　そんな微妙な空気をものともせずウエイターの男性は椅子を引き私達を座らせてくれた。

　さらに事前に示し合わされていたのか、ウエイトレスが料理を持ってきて丸いテーブルに並べて退出する。目にもとまらぬスピードだったのはプロだからか、それともこの空気が辛いからなのか。食器がガチャガチャいわず、さらにスープなどがこぼれていないのは流石だとしか言えない。

　最後に各グラスにシャンパンと果汁を注いだところで、最初に案内をしてくれた彼は表情を変えずその場を立ち去った。きっと外でほっと息を吐いていることだろう。

　心の中でそっと謝っておく。

「では、今日という日を祝して」

「「か、乾杯」」

ディアーナの声かけで乾杯をした私は綺麗な黄色のシャンパンを一口だけ飲み、テーブルに置いた。さて、何を話したらこの微妙な空気が和らぐだろう。やはりここはバレエの感想を言うべきか。全然頭の中に入ってこなかったけれど一応は最後まで見たので、ダンスの素晴らしさなら語れる気がする——と思ったところで、ドンッと音を鳴らしグラスがテーブルに置かれた。

マナーのなっていない音だが、ディアーナが置いたグラスの中のシャンパンが飲み切られているのを見て私は悟った。やはり彼女は怒っているのだと。

「あーもう。信じられない。誰なのあの女っ!! 人前であんなにエーリャにくっ付いて、はしたない。私だってあんな風にエスコートされたことないのに!!」

シャンパンを一気飲みしたディアーナは据わった眼で私達を見渡した。いつも貴族の見本のような優雅な彼女とは思えない荒れようだ。眉が吊り上がり、怒りのせいか、はたまたお酒の力のせいか頬が赤い。

逆に言えば、ここまでこの怒りを公演前から隠し続けていた彼女が凄い。貴族令嬢の鑑である。

「あれは間違いなく、エーリャとミーシャの浮気現場よね？　皆もそう思うでしょう?!」

その言い方だとディアーナの婚約者とミハエルで浮気したような感じもするが、間違ってはいない。だから私は火に油を注がないよう、余計な言葉は心の中に留める。冗談で場を和ませるなんて無理だ。今は彼女の話を聞くのに徹するしかない。

「結婚前だからって、少しぐらい浮気してもいいなんて考えられる？　男ならそれが普通なの？　忙しいという言葉を信じて、花嫁修業する私達を馬鹿にしていると思わない？　ねえ！」

ディアーナから一気に噴き出している怒りに私は小さく震える。普段怒らない人を怒らせた時の方が怖いというのがよく分かった。もしかしたら普段から不満が溜まっていたのかもしれない。

彼女の花嫁修業がどれほど過酷なのかは分からないけれど、ピアノだってプロさながらの腕前なのだ。きっと幼少期からずっと努力してきたのだろう。そう思えば、彼女がこの裏切りのような行動に怒り心頭になるのも分かる。

「本当です。あり得ません。姉上が婚約者になったというのに、すぐに別の女性に手を出すなんて。ディアーナ様も婚約者の誠意の足りない態度、お辛いですよね。男としても、断固許してはいけないと思います」

「流石イーラに育てられた子。分かっているわね。そうよ。男だからって、許されていい話ではないわよね！　私が彼より年下に生まれたのは神の采配であって、私のせいではないわ。我慢することで愛を示すのが男というものでしょう?!」

えっ。嘘。アレクセイ?!

ガシッとまるで同志を見つけたかのように手を組む二人を見て、私は目を丸くした。

ディアーナだけ怒りが燃え上がっているならば、ある程度話を聞いた後、私達でなぐさめたりなだめたりして一度鎮火をはかろうと思っていたのに、最悪なことにアレクセイがディアーナに同調してしまった。いつもニコニコしているのに、彼もまた珍しく眉を吊り上げて怒っている。

アレクセイは関係ないでしょうがと言いたいところだが、彼はまだ十四歳。男子校に通っているのもあって、色々結婚に夢を見ているのかもしれない。でもまさかここまで怒るとは思わなかった。

いっそ物理的にアレクセイの口を塞いでしまいたいが、何故か意気投合してしまったので今更だ。

「その通りです。女性に一途に待っていて欲しいと言った口で、自分は多くの女性を愛すとかふざけるにもほどがあると思います。女性は人形ではなく花です。しっかり愛情をかけなければその心は枯れてしまいます」

「なんていい子なの。ほら、沢山飲んで、食べなさい。ここは私のおごりだから」

「アレクセイ、お酒は駄目よ」

「はい。姉上。酒で身を滅ぼすような愚かな男に、僕はなりません」

　流石にその場のノリでシャンパンに口を付けられたら困ると思い声をかければ、ちゃんとした返事が返ってきた。一応冷静さをすべてなくしているわけではなさそうだ。でもお酒を飲まないのはいいが、素でこれだけ口が回る子なので、これ以上燃料投下されるのも困る。どうなだめるべきか。

　困ったなと思っていると、隣からチラチラ視線を感じた。横を見れば、すがるような目をしたアセルがいた。

「イーラ姉様は落ち着いているけれど、やはりあれはお兄様ではなかったと思う？　遠目だったし人違いの可能性もあるよね？」

「いえ、あれは間違いなくミハエルでした。十年間見続けていた私の目に間違いはありません」

　アセルはいつも冷静な姉が怒り狂っているため、どうしていいのか分からないのだろう。不安そうな顔で私を見ている。年長者としてアセルを助けてあげたいし、ディアーナのことを思えば否定もしてあげたい。

　しかしミハエル教を信仰してきた十年が、あれは【ミハエル様】だと判定を下す。背格好も髪型も同じだし、なによりミハエル以外であんなに気品あふれる銀髪の男性がいるはずがない。あの場だけ光り輝いて見えたのだから間違いない。

「なら、お兄様は浮気をしていたわけではないと信じているの？」

「……今回のことは浮気ではないと思います」

「やっぱりそうだよね。お兄様達が浮気なんかするはずないよね！」

私の肯定にアセルがぱっと顔を輝かせた。

浮気ではないと思う理由は、明らかにおかしな状況だからだ。噂好きの夫人や知り合いの貴族がうろつくような場所で、白昼堂々と自分の義理の弟と一緒に浮気するとか、普通に考えてあり得ない。子供同士ならば友人同士で遊んでいたとも言えるが、ミハエル達はとっくの昔に成人されている。人を驚かせるような奇想天外なことが好きでもそれなりの常識を持っている方だ。誰かを傷つけると分かって、そういう行動をする方ではない。それに姉妹のことを大切にされているので、浮気男を婚約者になど許すとも思えない。

だから今回のことに関しては、何か理由があると思っている。

一番可能性がある理由は仕事だ。どんな仕事かと聞かれても困るが、ミハエルとディアーナの婚約者は共に武官なので、一番妥当だと思う。

「やっぱりイーラ姉様はお兄様のことを信じているから落ち着いているのね」

「ちょっと。そんな言い方をしたら、私がエーリャを信じていないみたいじゃない。私だって、エーリャを信じたいわよ。信じたいけれど、ずっと忙しくて会えていないし。いつだって私から会いに行ってばかりだし……。ずっと不安だったのよ。それなのに……大人の女性をエスコートする姿を見たら……」

ポロッと宝石のような雫がディアーナの青い目から一粒こぼれ落ちる。それを見て、私はギョッとした。慌てたようにディアーナが目をハンカチで拭うが、それが逆に痛々しい。ディアーナを泣かせるなんて、あってはいけないことだ。うん。今回のことは、仕事だとしても全面的にエリセイが悪い。

それに私もディアーナよりミハエルを信じているから落ち着いているというのとも違うので否定しなければ。決してあの状況で怒ったディアーナが悪いわけではないのだ。

私が冷静なのは、ディアーナが怒ってくれているから、私は逆に冷静にならなければと判断したからなのと、もう一つ。

「えっと。私が落ち着いているのは、ミハエルのことを信じているからとも少々違います」

どちらかといえば私が落ち着いている理由はもう一つの方にある。

「私はミハエルが愛人を作ったなら、それを受け入れる覚悟をしているからです」

貧乏伯爵令嬢である、わけありな私と結婚するような相手なら、愛人を作るのは想定内だ。金銭援助をされた上での結婚なので、文句など言える立場ではない。ずっと前から覚悟はできている。まさかその結婚相手がミハエルになるのは晴天の霹靂だけれど、ミハエルならばなおさら愛人になりたい女性は大勢いるだろう。そして私より美しい女性はこの世に沢山いるのだ。

「えっ？　イーラ姉様？」

何を言い出すのだという表情でアセルが私を見たが、逆に何故私がその覚悟を持っていると思わないのかが不思議だ。

「ミハエル様ですよ？　普通の殿方でも私が相手では仕方がないと思っていましたが、ミハエル様ですよ？」

「いや。えっ。お兄様の名前を連呼されても分からないというか……」

「ミハエル様ならハーレムだって作れるはずです」

そもそも私一人がミハエルを独占しようとするのが間違っているのだ。彼は全人類の宝だ。すべての女性に愛でられるべきお方だ。

しかも相手がいたって平凡な私とか、速攻で愛人を作られても仕方がない案件だ。

「そんなの断固反対だよ。なんで姉上がそんな不誠実な男に苦しめられなければならないんだ。ハーレムとか、あの男はそんな鬼畜なの?!」

「私なら大丈夫よ？　昔から覚悟はできているから」

ミハエルの嫁の覚悟はなかったけれど、私の旦那に愛人がいる覚悟はずっと昔からしていた。旦那の愛人と仲よくやるための想定は何度もしている。

「いいや。大丈夫じゃない。そもそも僕らの家が貧乏だからあの男はお金で姉上を買ったんだろ？　釣った魚には餌をやらないとか最低も最低だね。元々、あの綺麗すぎる顔も気にくわなかったんだ。姉上がお好きな顔立ちだけれど、絶対アイツは女にちやほやされて女関係にだらしがないに違いない。そんな奴に大切な姉上を任せるなんてできないよ！　父上に言って、この援助話はなしにしようよ。イザベラ様だって協力してくださるだろうし、僕もちゃんと領地のことは考えているから。姉上が結婚しなくても何とかしてみせるよ。だから、お願い。姉上が幸せになれない結婚などしないで」

ううう。

昔から私はアレクセイのお願いには弱い。キラキラとした眼差しですがるように言われるとどうしたものかと悩んでしまう。でも今更婚約をなかったことにするのは、難しいはずだ。領民にも婚約発表してしまっているし――。

「ちょっと待ってちょうだい。確かにミーシャは顔がいいわ。女にモテるのも間違いないけれど、でも初恋をこじらせすぎた男だから、これまで女の影なんて一つもなかったわよ」

先ほど涙をこぼしたのとは一転、ディアーナは再び怒りだした。でも今度は理由が変わっている。

「でも現に今は浮気をしているじゃないですか。きっと捕まえたらポイするような男だったんです」

「絶対そんなことしないわ。だってお兄様、十年も初恋をこじらせた上でイーラ姉様を探し出して婚約するぐらい執念深いし。むしろ今はイーラ姉様に捨てられないかビクビクしていると思うわ」

「ならあれは、なんだという話です!!」

ミハエルの浮気を責めていたはずのディアーナがミハエルを擁護し始めると、さっきまではどこか蚊帳の外で困り果てていたアセルまで擁護に回った。二人共ブラコンだから仕方がないのだけれど、さっき以上に場が混沌としている。私とミハエルの婚約の話なのに、第三者同士でミハエルが浮気したかどうかを言い争うって色々おかしい。

後ろに立っている使用人を見たけれど、全員が目をそらした。そうだよね。これ、誰を擁護しても上手くいかないし、ディアーナにいたっては酔っぱらっている感じもする。私も使用人だったら、絶対そのまま口出しなどせず、できるだけ空気になるようにしていたと思う。

でも今の私は使用人ではない。ディアーナは同じ年だけれど、ミハエルと結婚すれば、私が義姉になる。私がしっかりしなければ。

それにもしもこのまま言い争いが過熱すれば、部屋の外にまで声が漏れてしまい、変な噂が流れかねない。それよりなにより、美味しい食事も冷めてしまう。絶対この店の料理は高いはずだ。そんな料理を無駄にするなど、どんな状況だとしても許されることではない。

私はパンパンと手を叩いた。

「ちょっといいですか？」

私の手の音に驚いてか、三人とも私の方に注目してくれた。

「この場で言い争っても何も解決しません。ですから、ミハエルとエリセイが本当に浮気をしているのか、まずは調べてみませんか？　浮気ならばまたそこから相手も交えて話し合えばいいですし、勘違いならば怒るだけ無駄ですよね？」

本人に問いただしたところで、本当に浮気だったらなおのこと言わないだろうから、真正面からたずねるというのはできない。それにディアーナだって、そんな言葉を真っ直ぐには信じられないだろう。不信感が残ってしまうようでは円満解決にはならない。だからこそ浮気調査だ。

それをすることで白黒はっきりさせた方が、ここで言い争いをするよりもよっぽど健全だと思う。

「だから浮気調査をするためにも、まずは腹ごしらえをしながら方法を考えませんか？」

こうして、私達は王都の観光もそこそこに、浮気調査をすることになった。

窓から入る朝日で目が覚めた私は、一瞬ここがどこだったか分からなかったが、すぐに王都にあるホテルだと思い至った。広いふかふかのベッドは公爵家の物とも見劣りしない。少しだけ公爵家の部屋より狭いが、家具が茶色でまとめられており落ち着いた雰囲気でお洒落だ。少なくとも私の実家のような壁の染みはない。

「おはようございます、イリーナ様。よく眠れましたか？」

オリガに声をかけられ、私は慌ててベッドから降りた。いつもなら誰かに声をかけられる前に身支度を整え終えているので、寝坊してしまったのだろう。

「おはようございます。とてもよく眠れました。ホテルの手配ありがとうございます」

「いいえ。できれば王都の外れにあるダーチャを借りられればよかったのですが、なにぶん急でしたので……」

「そんな、勿体ない。むしろ、ここでさえ分不相応なのに……」

ダーチャとは王から与えられた、庭園付きの別荘を指す。王都の外れにあるのは田舎暮らしを楽しむ的な役割を持っているので便利とは言いきれないが、一軒まるっと借りるので、他人なっている。

の視線を気にする必要がない。それに貴族が所有し使っているならば、それなりの作りにはなっている。

でもそれを借りるとなれば、ホテルを借りるのとは話が違う。

「ミハエル様の婚約者に不便などおかけできません。そろそろ意識改善お願いします」

そうきっぱりと言われるが、やっぱりこの金銭感覚にはついていけなくて戸惑いが大きい。

私が今滞在しているホテルは、明らかに今まで私が泊まったことのある宿とは一線を画している。まずは調度品が、どれもこれも壊したらどうしようとためらうぐらい豪華なこと。部屋に汚れを落とすためのバスタブが付いていること。寝る場所以外の部屋があること。もうこの三点だけでも私の中では異常だ。

こんな心臓に悪いホテルに泊まることになった原因は昨日に遡る。

ミハエルとエリセイの浮気は調査するとなったものの、白黒はっきりするまでは兄と同じ空気は吸いたくないと酔っぱらったディアーナが駄々をこねたのだ。それを見たアレクセイまで、浮気男と姉上が同じ屋根の下に住むなんて許せないと言い出した。しかし王都は春の討伐の観戦を目当てにした観光客が沢山来ており、今日の今日で取れるお値打ち宿などなかった。今からとなると、安全面に不安のある素泊まりの安宿か、王侯貴族が利用する立派な部屋の二択だ。

そして公爵令嬢が泊まるとなればおのずと後者となる。

ちなみに、アレクセイは学生寮があるので寮に帰ってもらった。

「ミハエル様の肖像画はこの問題が解決するまではお預けか……」

「肖像画は逃げませんからご安心ください」

分かっていても、朝起きた時の気分が違うのだ。しかも新たなる絵姿を拝めると期待していたのに、無期限延長。期待が大きかった分、地味に辛い。しかも今手持ちのミハエル様はロケットペンダントに入ったものだけ……。最近のミハエル成分過多からのこの仕打ちはやっぱり辛い。これは何としても、早期解決をし、一刻も早くミハエル様鑑賞会をするべきだ。

私はオリガが用意してくれた白と灰色の落ち着いた雰囲気のドレスに手早く着替えると、リビングとなっている部屋に入る。ソファや椅子、テーブルが置かれたそこにはすでに、アセルとディアーナ、さらにはアレクセイまで座り、ブリヌイを食べながら紅茶を飲んでいた。どうやら今日のブリヌイは小麦粉だけではなくそば粉も混ぜて作ってあるようだ。ブリヌイは卵と牛乳、それに砂糖といった高い食材を使う上、発酵させてから薄く丸く一枚ずつ焼くので作るのに手間もかかる。そのため個人的には特別な日にしか食べない料理だった。こんな料理が朝から出てくるなんて、流石は高級ホテルだ。それとも、流石は公爵家のお外ご飯と思うべきか。

「すみません。起きるのが遅くなってしまって」

「大丈夫よ。私達も今起きたばかりだから」

「そうそう。一緒に朝食を食べようよ」

「僕は姉上を待つ時間が幸せだから、気にしなくていいよ。慣れない旅で疲れているだろうし。

しっかり休んで元気な姉上に会えた方が嬉しいな」

相変わらずなアレクセイは置いておくとして、姉妹より寝坊するなんて情けない。明日はこんなことにならないよう気を付けよう。

私が空いていた席に座ると、ホテルのスタッフがここまで運んできてくれた料理をオリガがテーブルに置いてくれた。至れり尽くせりである。ブリヌイにはたっぷりバターが塗られている上に、乳を発酵させたスメタナ、さらに魚の燻製がのせられており、とても豪勢だ。実家ではまず出てこない。

使用人達は一緒に食べられないので申し訳なく思うが、ここで料理を断っても勿体ないだけだ。ならば食べられる時にしっかり食べる、我が家の家訓を実践した方がいい。

「じゃあイーラも集まったことだし、浮気調査をどうするか話し合いましょう」

ディアーナの言葉で第二回、浮気調査会議は始まった。

「本人に問いただすのは、昨日の話し合いの通り、こちらの調査が終わってからの方がいいとも思うの。直接聞いたところで、誤魔化されてしまうに違いないわ。まずは確実な証拠を掴まないと」

昨日酒に酔い怒り狂っていたのとは一転し、ディアーナはいつもの冷静沈着な彼女に戻っていた。むしろ浮気調査に生き生きしているように見えるが、落ち込んでいるよりはずっといい。

なにより、アセルもいつものディアーナに戻ったことで安心したような顔をしている。

「そうですね。ですが、誰に聞きますか？　別宅の使用人の方々なら、ミハエルが屋敷に女性を連れてきていたら知っていると思いますが、私達相手に本当のことを話すでしょうか？」

これが公爵だったら鶴の一声だろうが、私達はミハエルの婚約者と妹にすぎない。一時的に滞在するだけの私達に、これからもずっとお世話をするミハエルの弱みになるようなことを話すとは思えなかった。そしてそんな煙に巻いたかのような答えで、ディアーナが納得するとも思えない。

「うふふふふ。そう思ってね。ジャーン。秘密兵器を持ってきたよ」

にっこり笑って、アセルがまるでトランプカードのように、封筒を広げた。ざっと見ただけでも、片手では足りない枚数がある。

「実はね、王都にいるのを、どこからか聞きつけた方から、私達に沢山のお茶会の招待状が届いたの。今朝、王都の別宅に届いたものを、こっそり持ってきてもらったわ」

昨日は王都にいますよと宣伝するような馬車を走らせていたのだ。しかもその馬車を貴族が沢山訪れていたローザヴィ劇場前に停車させた。知っている人ならば、ディアーナやアセルがこちらに滞在していると気が付くだろう。

そうなれば彼女達と会いたい人から、我先にと手紙が届くのも納得である。

「まずは王都の貴族、それから商人辺りに聞き込みしていこうかしら。ミーシャが女性を連れて歩いているのだもの。絶対目立っているはずよ」

「そうですね。ミハエル様ならどんな変装していても絶対見抜けます」

たとえ髪色を変えられたとしても、農民の服を着たとしても彼のオーラが消えるはずがない。むしろ一般人に紛れようとされたら、逆に目立つに違いない。

……でも、変装したミハエル様の姿もきっと素敵だ。逆にレアだし見てみたいような――。

「いや、それはイーラだけというか……しかも様に戻って……。まあ、いいわ。こちらをやきもきさせるミーシャが悪いもの。というわけで、これから順番にお茶会に出席しようと思うの」

私が脳内で妄想を繰り広げていると、ディアーナが浮気調査の作戦を話した。あぶない、あぶない。今は妄想を広げてる場合ではなく、浮気調査をどうするかが大切だ。神父服姿や執事服姿もありだとか雑念を抱いている場合ではない。

「ならお茶会の間は、私は留守番していますね」

「「えっ」」

あれ？　私の言葉のどこに驚く点があっただろうか。何でという顔をしている姉妹に対して、逆に何でと聞きたくなるが、よく考えると私の状況をしっかり説明していなかったなと思い出す。

これは私が言葉足らずだった。

「すみません。実を言いますと、私はこれまでに色々な貴族の家の仕事を転々としていまして。

さらに舞踏会を開く時の給仕とか積極的に引き受けていたので、私の顔を覚えている方は覚えていると思うんです。なので余計な混乱を避けるために、ミハエルと正式に結婚して王が開く舞踏会に出席するまでは、顔出しを控える方向で話が決まっていまして。お茶会などは参加しない約束をしているんです」

ついでに今までしてきた貴族関係の仕事も、この先は引き受けないようにとミハエルに約束させられているが、これは言う必要はないだろう。

結婚を控えている今、下手に貴族間で噂になるようなことは慎んだ方がいい。平民が貴族の養子に入り結婚ということもあるので、私が働いていたことが知られても眉をひそめられるだけだとは思うが、噂は面白おかしく脚色されやすい。私だけが笑われるのは構わないが、ミハエルや公爵家が嘘の情報で笑われるのは我慢ならない。

「そうだったの。それならば仕方がないわね。申し訳ないけれど、イーラはホテルで待っていてくれるかしら？」

「分かりました」

ミハエルに王都にいることを隠しておくなら、私が出歩くのもよくないと考えたらしい。別にホテルから出てもミハエルに気が付かれないようにする方法は色々あるが、今はその発言をするのは止めた。

「はい、姉上！　僕は何を調べたらいい？」

「アレクセイ、話があります」

元気よく手を上げるアレクセイに、私は真面目な顔で話しかけた。私の顔を見るとアレクセイはピシッと背筋を伸ばす。私が改まって切り出す時は説教をする時だとちゃんと分かっているようだ。

「貴方は今、領地のお金を使い、王都の学校に通っています。そのためアレクセイが一番に優先しなければいけないのは浮気調査ではなく、学業です。今日は休みではないわよね？」

今日は学校が休みではないから、昨日わざわざ会ったのだ。だから正直、何故ここにいるという感じなのだけど、酔っぱらったディアーナと色々約束を交わしていたので、きっと朝食は事前に誘われたのだろう。約束したのなら行くのは当然なので、ここに来るのは構わない。でも授業を休んで浮気調査をするというのなら話は別だ。

「……はい。今日は登校日です」

「私と公爵家のご令嬢二人の力では、浮気調査もできないと思う？」

「いいえ。思いません。姉上がいるなら、僕の力など必要ないと思います！」

私が聞けば反射的にアレクセイは否定した。言ってしまった後にしまったという顔をしているが遅い。

そもそも私の事情で弟の学業の時間を減らすと思ったら大間違いなのだ。

「そういうことよ。朝食を食べたら、遅刻しないよう学校に行きなさい」

「はい、姉上！」

にっこりと笑って言えばアレクセイは敬礼し、すぐさまブリヌイを大きな口で食べ、フォークを置いた。

行儀はよくないが、男らしい食べっぷりだ。時間がなくて残すぐらいなら、私としては多少行儀悪くても完食した方がいいと思っている。それに貧乏な我が家の家訓は、食べられる時にしっかり食べるだ。王都に行って色々洗練された行動をとったりしていたけれど、変わっていない部分もあって少しだけ安心する。

まだまだ姉の言うことも聞いてくれるし、可愛い弟だ。

「では、行ってきます！　あ、そうだ。折角だから学校で、噂を集めてみるよ」

「噂は無理ない範囲でいいわよ？　じゃあ、学校、頑張ってね」

「うん。分かった。では失礼します」

どうやら学校を休む気だったらしいアレクセイは、慌てて部屋を飛び出していった。きっと遅刻ギリギリなのだろう。私と同じで体力はあるので、走っていけばなんとか間に合うとは思うけれど。

「……イーラ姉様って、結構厳しい人？」

「そうですか？　でも学業をおろそかにして後々困るのはアレクセイですし」

とりわけ厳しくしているつもりはないが、ちゃんとして欲しいところは注意する。それが姉の役割だろうと思っていたのだけれど……。

「なんというか、本当に母親代わりなのね……。私とアセーリャは朝食を食べたら、早速手紙の返事を書いて、情報を集めに行ってくるわね」

「すみませんが、よろしくお願いします」

私達はアレクセイよりは丁寧に、それでも手早くお腹の中に朝食を収めるとそれぞれ別行動をすることになった。

「イーラ姉様、ごめんね？」

「気にされないでください。たとえミハエルとの約束がなかったとしても、茶会に慣れない私では足手まといになるだけだと思いますから」

私だけホテルに残すのが忍びないという表情だったが、むしろ私としては慣れない貴族のお茶会に出席させられる方が辛い。それにディアーナには悪いが、私は貴族からの話だけでは、浮気をしたかどうかの正しい情報は掴めないと思っている。

だから別行動ができるのは逆に都合がいいと考えていた。お茶会からの情報だけでは、この先もしばらく豪勢なホテル暮らしを続けることになってしまう。そして豪勢なホテル暮らしが続くということは、ミハエルの絵姿からも遠ざかるということだ。

部屋に戻った私は、一緒について来てくれたオリガの方を振り返った。

「今日は部屋でゆっくりするから、オリガもお休みにしてもらえる？」

「ですが――」

「オリガも分かっていると思うけれど、私はどちらかといえば自分のことは自分でしたいの。今日ぐらいゆっくり自分の時間にしたら駄目かな？　それにオリガも王都観光に行ったらどう？」

オリガはバーリン公爵領で働いている時から、顔見知りになってしまったので、私の性格と家事のでき具合は分かっているはずだ。よっぽど複雑なドレスでない限り、自力で着ることもできる。そのため、ふぅとため息をつくだけだった。

「……分かりました。では、今日一日、お休みを取らせていただきます」

「ごめんね。仕事を奪うような真似をして」

「いいえ。これぐらいで驚いていたらバーリン領で働けませんから」

流石、できる仕事人だ。でもその気持ちは分かる。ミハエルやディアーナ、そしてアセルに仕えていたら、そんな感じの悟りを開くのも早いだろう。まだ食事時しか会話がない、公爵夫妻も中々に濃いので、色々鍛えられそうだ。

オリガは部屋にあるものの説明や、ホテルで食事などを頼む時の方法を私に話すと、使用人仲間にお土産を買いに行くと言って部屋から出ていった。彼女が部屋から出てしばらく、私はドアに耳を付けて外の様子を窺う。物音がしないのが確認できると、お財布をポケットに入れ茶色の外套を羽織り、頭にバブーシュカをかぶる。バブーシュカといっても農民が使うようなただのスカーフではなく、レースとリボンが付いたものだ。

　これも微妙に派手な気もするが王都を移動している時、似たようなものを身につけている若い女性が結構いたので、大きなリボンのついた帽子よりは街に出ても浮かない気がする。

　準備が整うと、できるだけ静かにドアを閉め足音を立てないように外へと向かった。

　知り合いに見つかるのは不味(まず)いが、ホテルの使用人だったら、逆に堂々としていた方が怪しまれない。

　そしてホテルから出てしまえば、後は人混みに紛れるだけだ。

「とはいえ、まずは服の調達からよね」

　自分の姿を見下ろしてため息をつく。今の私の服は明らかにいいところのお嬢様だ。この恰好(かっこう)では、いくら私が地味でも目立つ。痛い出費だが、手持ちのお金で服は買えるし、今着ているドレスは観光用の荷物預かり所にでも預けよう。一人でこんな恰好でフラフラしていたら、誰か襲ってくださいと言っているようなものだ。

　それにこのドレスはとにかく動きにくい。せめてスカートが脛丈(すねたけ)なら楽だが、残念なことに足首近くまである。

「とにかく早く服を地味なものに替えて、臨時の討伐専門武官の募集に交ざらないと」

　春のこの時期だけ、王都では臨時で神形(みかたち)の討伐専門武官の募集がかかるのを私は知っていた。

今年はどうなのかは確認していないが、今までにも参加したことがあるので、たぶん大丈夫だろう。

私はもしもミハエルとエリセイが、デートの真似をしなければならない状況になるとしたら武官の仕事の関係ではないかと予想している。だとしたらディアーナ達が貴族に聞いたところで本当の話など入ってこず、逆におかしな噂が彼女達の耳に入りかねない。貴族というのは暇(ひま)なのか、鬱憤(うっぷん)が溜(た)まっているのか、悪意の交じった噂を流して楽しむ人が多い。

そしてそんな下手な噂を知れば、余計にこじれそうだ。できるならディアーナが泣く姿はもう見たくない。それに私も一刻も早くホテルから別宅に移りたいのだ。

その上で手っ取り早く正しい情報が欲しいなら、武官に聞くべきだ。私の予想が正しければ、より正確な情報が入るだろう。

「これもディーナとミハエル様の肖像画のためよ。よし。頑張ろう！」

ミハエル不足解消のため、私は早期解決を望む。

とはいえ知られたら絶対心配されるので、この調査はそれほど長くはできない。一分一秒が惜しい私はドレスの裾をたくし上げると小走りで服屋へと向かった。

◇◆◇◆◇◆

春限定で毎年募集がかかる臨時の討伐専門武官は、王都在住でなくても誰でもなることがで

きる。それこそ、年齢どころか国籍、さらには性別も関係なく、男でも女でもなれる。本来の武官は、この国の十八歳以上の男と決められているので、破格の対応だ。

その理由は、とにかく水の神形は討伐し損ねて成長してしまった時が面倒になるところにある。王都では、短い春の間は小さな神形も残さず駆除できるよう沢山人が投入されていた。

「あれ？　もしかして、アレクセイか？」

「はい。お久しぶりです」

臨時の討伐専門武官の募集は、王宮前で毎年行われており、この場を担当する武官も大抵同じだった。ミハエルと同じ討伐部の所属だと分かる臙脂色の軍服を着ている彼は、私の顔を覚えていたようだ。私の方は覚えていないが、あの頃の私は討伐に参加する参加者の中でも一際小柄で悪目立ちしていた。だから一方的に覚えられていてもおかしくない。

今の私は男装をし、髪を頭の高い位置で一つに結んだ姿だ。もちろん、バブーシュカは外している。王都には外国の影響か髪が長い男性もいるので、初めて男装してこの仕事を受けた時も同じようにしていた。農民の女性ですらズボンをはかないということもあって、先入観から案外性別を偽っていることは気が付かれにくい。

「三年ぶりぐらいか？」

「そうですかね？　久々に王都に用事があって来たんです。で、折角だから小遣いを稼いでいこうかと思いまして」

女性でも構わないとされているが、あえて男装をするのは、貴族の女性がやるには流石に問題がある仕事だからだ。それに女性だと珍しさから、他の臨時の討伐専門武官に絡まれる確率も高くなる。

さらに男装すれば、たとえ知り合いの誰かに見られても遠目なら勘違いだと思われるという狙いもあった。三年前も似たような理由で男装し、弟の名前を借りて働いていた。

「なんだ？　経験者か？　にしては小さいな」

元々女性の中でも小柄な体型のため、男として交ざるとまるっきり少年だ。私を小さいと言った人は、大柄で熊のようにがっしりとした体形だったので余計小さく見えるだろう。

「三年前よりはでかくなっているけどな。あの時もこんな子供がと思ったが、神形退治に年齢は関係ないんだなと、コイツのおかげで知ったよ」

私を覚えていてくれた武官が適当にしゃべってくれているので、私はとりあえず下手に詮索されないよう黙っておく。

前に貴族女性がやるはずもないと思われているこの仕事を引き受けた時も、ちょっとわけありだった。イザベラ様の斡旋で王都のとある貴族のところに働きにきていたのだが、運が悪いことに色々と問題行動がある貴族だったのだ。身の危険を感じた私は、イザベラ様の名前を使って早めに仕事を辞めさせてもらったが、そのせいで給料が出なかった。おかげで帰る旅費すらない私は、手っ取り早く誰でも日雇いをしてくれるこの臨時の討伐専門武官になって稼ぐという方法を取ったのだ。

「アレクセイは知っていると思うが、受付の時はルールを毎回説明することになっているから聞いてくれ。いいか。神形討伐による怪我や死亡は自己責任だ。ただしその場にいる衛生部の治療を受けることはできる。制服、武器の貸出はここで行い、給料と引き換えに返却となる。倒した神形が多い、または大物の神形の討伐に成功した際は、臨時の褒賞がでる。後は、制服着用時に風紀が乱れるような行動を起こした時は、即時解任し、場合によっては憲兵部の取り締まりに応じてもらう」

「はい。分かりました」

ルールは契約書に書かれているが、文字が読めない人もいるので、必ず受付の人が読み上げてくれるのだ。そしてそれに納得したら、サインをするという流れになっていた。

契約内容は三年前と変わっていないようだ。あの時は、ミハエル様も身につける制服の名を汚すものかと思い、沢山討伐した気がする。おかげで臨時の褒賞がでて、旅費どころかお小遣いまで手に入った。

「今回も武器は貸し出していいな？　武器はどれを使ってもいいが、民家が近い上に観光客が多いから、銃の使用は禁止している」

「水の神形相手に、効率の悪い銃は使いませんって」

水の神形は氷の神形とは違い体が水だ。体の中に小石のような核が存在し、それを水中から外に出す必要がある。一度出した核を再び水に戻しても水の神形が復活することはないので不思議だが、とにかく核を排除する、もしくは水でできた体を再生不可能なぐらいまで破壊することで討伐できる。水の中に銃を発砲しても威力が落ちるし、相当腕がよくなければ核に当てるのも困難なので、あまり向かない道具だ。

「僕はやっぱりこれですかね」

「アレクセイならそれを選ぶと思ったよ」

私が手に持ったのは、大型のハンマーだ。昔は武器の主流だったが、今は皆剣や槍(やり)を持っため、あまり愛用者がいない。でも水の神形の討伐なら、やっぱりこれが一番だと思う。

実家の領地に出現する水の神形退治もハンマーを使っていた。

「そんな重たいので、水の神形を退治しようって――」

試しにブンブンと振り回してみて、重さをみる。うん。これぐらいなら、問題なく私でも使いこなせそうだ。強度も問題ない。借りものだと、時折武器が老朽化していることもあるので確認が必須だ。

「あっ。すみません。何か言いました?」

「……いや」

「ははは。アレクセイは見た目よりも力と体力があるからな。ほら、これを羽織って、沢山退治してきてくれ」

男はカラカラと笑うと、私に黒色のジャケットを渡してきた。今は手持ちのお金の都合でブラウスだけしか着ていなかったので、その上にそのまま羽織る。サイズは一番小さなものをくれているが、それでも袖が余るので、腕の部分を折り曲げた。

このジャケットは、討代部の武官とまったく同じだ。ただし臨時の討伐専門武官は、一時的という意味の氷の結晶のマークがついた腕章がつき、これが意外に可愛い。

私はミハエルとおそろいの服にホクホク顔で川辺の方へ向かった。

仕事だし、今回はミハエルとエリセイについて聞き込みもしなければいけないので浮かれている場合ではない。しかしこの服を着ると、まるでミハエルになったみたいで、凄く嬉しくなってしまう。

王都はとにかく川の数が多く、さらに海があるため討伐範囲が広い。浅瀬の川や幅の小さい川は大物が少ないが、でもここも確実に討伐していかなければいけない。

ミハエルがもしも討伐に加わるなら、討伐船を使うような大きな川か海だろう。三年前の時も結局討伐場所が違うために、討伐をしているミハエルを見ることができず残念に思っていた。でもその時も同じ服を着ているというだけでやる気が出て、一人ミハエル様ごっこをしていた。

そうだ。今日の私はミハエル教の使徒なのだ。この制服を着て、無様な負けなど許されない。

そんな妄想を繰り広げながら比較的浅めの川辺に行くと討伐している武官が見えた。その近くには退治状況を記入する別の武官がおり、さらに少し離れた場所に設置されている救護場へ怪我人を運ぶ衛生部の人達がいた。討伐部の武官は臨時かそうでないかは遠目では分かりにくいが、衛生部の人だけは軍服の上に白衣を羽織っているので分かりやすい。

もう少し川辺から離れた場所では、見物人がひしめき合っている。彼らはただ見物している人もいれば、賭けをして楽しんでいる人もいた。その中でお酒を売り歩く人もいてにぎやかだ。そこからさらに離れた場所では、絵描きが討伐風景を描いたり、見物に飽きた人の似顔絵を描いたりしていて商魂たくましい。

本来神形は災害の一種なので恐れられるものである。それでも観光の一環とできるのは、それだけ人員を投入できる資金があり、さらに危険な神形が出ても討伐できる自信と実績があるからだ。流石は王都である。

「先ほど登録したアレクセイです。よろしくお願いします」

近くの武官に声をかけると、私はブーツを脱ぎ捨てズボンのすそを折った。どうせ服は濡れてしまうだろうが、少しはマシだ。

「おい。大丈夫かよ。剣じゃねーのかよ」

「まだ子供なんだから、あんまりやじっちゃ可哀想よ」

「ぼうずー、頑張れよー」

私が川に入ると、観客から声援が送られる。まるでスターだ。これが好きで、あえて臨時の討伐専門武官をする観光客もいると聞く。

少し川に入ったところで、バシャンと、有翼魚(ウインドフィッシュ)が飛び上がった。手のひらサイズで可愛らしい外見だが、これを放置すると最終的に空鯨(スカイウェール)と呼ばれる空飛ぶ鯨(くじら)となって、嵐を呼びよせる。そのため私は迷うことなくハンマーを横に振り有翼魚を川の外へはじき出した。といっても体が水でできているので、はじき飛ばした瞬間核だけになってしまい、小石がコロコロと川の外で転がるだけだ。

続いて、足元に気配を感じ私は飛びのく。

次の瞬間私が元々いた足元から半透明の馬が顔を出した。水馬(ケルピー)だ。彼らは水辺の近くにいる生き物を水中に引きずり込む性質があり、放置すると川や沼が増水する。私はハンマーで水馬の頭を潰すと、さらに川の水ごと、水馬がいるあたりを叩(たた)き潰す。しばらく叩けば出てこなくなったので、たぶん退治できただろう。神形は人へ攻撃をしてくるが、逃げるという行動は絶対しない。そのため出てこなくなったなら倒せたと思っていい。

水があると彼らは修復可能なため、中々退治しにくいが、核の位置が元の場所から決定的にずれてしまえば消滅するので、今の攻撃ではじき出せたようだ。

「スゲーぞ。あの子」

「嘘だろ！　あー、負けたぁ！」

「おい。もっと頑張れよー」

私が水馬を倒せば、周りからの歓声が大きくなった。水馬はそれなりの大物だ。歓声が聞こえてくると、認められた気分になって調子が出てくる。

「……まずいなぁ。久々すぎて、楽しい」

カラエフ領にいる時は、氷の神形が出れば私も退治しに出かけていたし、そうでなくても薪割りや雪かき、掃除や料理などで体を動かしていた。それが公爵家へ花嫁修業に行ってからというもの、動くと言えばダンス程度。体力づくりと称して、朝はランニングしているけれど、はっきりいって綺麗に整備された庭を走る程度では、物足りなかったのだ。夜に筋トレもしているけれど筋トレは自分との戦いなので、楽しいとはいえない。

どうせしばらくは、討伐の仕事をしなければ聞き込みも開始できない。ならばと、ストレス発散がてら私は思いっきりハンマーを振り回した。

しばらく有翼魚を片っ端から潰していくと、近くで叫び声が聞こえた。声の方を見れば横倒しになり、バチャバチャともがくように暴れる男がいる。どうやら足を、海蛇にとられたらしい。本来は海でしか出現しないタイプだが、海に近いため、こちらに交ざったのだろう。半ば溺れかけている様子だが、このままその男を助けようと男の方を引っ張り上げれば、男の重さで私も足を取られかねない。神形は大海蛇ではないので、何とか私でも胴を掴めそうだ。

「誰か、救護お願いします!!」

周りに助けを求めてから、私は一度ハンマーを足元に置くと、男の上半身ではなく海蛇を掴み水の外へ出す。そのせいで男の足が持ち上がり苦しそうにもがいていたが、こっちをはがすのが先決だ。川の中では多少体が削れてもすぐに元通りになってしまうが、外に出してしまえば水の神形は倒しやすい。海蛇の目の部分に核を見つけた私は、拳を握って頭を叩き潰す。蛇の形をしていて締め付ける力も本物と同じだが、水でできているので噛まれても毒の心配がないのだけは安心だ。海蛇を退治し終わると、川の中に入って来てくれた衛生部の人が二人がかりで溺れた男を抱き上げた。

　水は飲んでしまっただろうが、引き上げられた後も咽せていたのでたぶん大丈夫だろう。さてと。まだまだいけるが、頑張りすぎて足の踏ん張りが利かなくなると困るので、少しだけ休憩しようと私もハンマーを持って一度川の外に出ることにする。水の神形は、大きな個体でない限り水の外へ出てくることはないので休憩したい時は、川から離れればいい。

「ふぅ」

　先ほどの海蛇は少しだけドキドキした。水に濡れて体が冷えているはずなのに、興奮のせいであまり寒さを感じない。

　観戦されるほどの娯楽になっているが、討伐は命がけでもある。討伐専門武官の契約の時に怪我や死亡は自己責任と言われたのはただの脅し文句ではなく、実際それぐらい危険だからだ。そんな危険を眺めながら賭博し楽しむのは悪趣味な気もする。しかし誰かが討伐をしなければいけないし、観戦での収益の一部が臨時の討伐専門武官の給金になっている面もあるので、可哀想がられるよりも楽しんでもらった方がいいのも分かる。

「よし。もう一息がんば――」

「イーシャ?」

さあ、もう一度頑張ろうと思った瞬間、突然本名を愛称呼びされ、私は持っていたハンマーを落としそうになった。いや。これを落としたら死活問題だと慌てて掴むが、私の頭の中は大混乱だ。

名前を呼んだ声は、決して大きくはなかったが、私がこの声を聞き間違えるはずがない。

そろりと顔をあげれば、観客がひしめく中から、神々しい美貌を持った銀髪の青年が颯爽とこちらの方へ向かって来ていた。遠目でも分かる気品は、昨日見た姿と変わらない。足が長いために、呆然としている間に距離を詰められてしまった。

「何故ここに?　というか、何をしているんだい?!」

「ひ、人違いです」

男装をしているけれど、さっき愛称を呼ばれた時点でバレている。それでも往生際悪く、私は顔を隠すように俯く。

なんてタイミングが悪いのだろう。そもそも、何故ミハエルがここにいるのか。ミハエルならあまり大物がいない浅瀬の川ではなく、海辺の討伐に行くと思っていたし、変装もしているのだからと安心しきっていた。靴もあまり汚れてないし、一瞬見た姿は制服ではなかったので、

ミハエルはもしかしたら私用でここにいるのかもしれない。でも討伐なんてよく見ているだろうし、何でこのタイミングでここに居合わせてしまうのか。

「……運命の人はそういうことを言うんだ。ふーん。へー。正直に言わないと、別宅に置いてある俺の肖像画焼き捨てるよ？」

「嘘です。ごめんなさい。貴方の運命の人、イリーナです」

ミハエルの悪魔のような言葉に、私は慌てて意見を翻（ひるがえ）し、顔をあげた。すると、とてもいい笑顔のミハエルとぶつかる。……綺麗すぎる笑顔というのは恐怖を感じさせるもののようだ。

私も笑って誤魔化そうと頑張るが、どうしても引きつる。

「ミハエル、突然どうしたんだ?!」

ミハエルと話していると、二人の女性とエリセイが観客の中から出てきて、こちらへ走り寄って来た。しっかりと記憶しているわけではないが、昨日劇場で見かけた時と同じメンバーで間違いないだろう。

彼らを見た時、エリセイにエスコートされていた茶髪の女性に違和感を覚え、私は何となく凝視（ぎょうし）してしまった。彼女は明らかにもう一人の女性よりも背が高く、ブーツをはいているとはいえ、ミハエルと同じぐらい身長があるように見える。それに、妙に筋肉が発達していないだろうか。スカーフを頭から首にかけてまき、肌の露出が抑えられているが、それでも感じるムキムキ感。

「申し訳ないけど、どうしても彼と話がしたいから、少しの間だけ仕事を抜けさせてくれないか？」

「えっ。まあ、少しなら構わないけれど……」

「ありがとう。じゃあ、行こうか」

ミハエルに手を引っ張られ、私は慌てて脱ぎ捨ててあったブーツを拾って履き、足を動かす。

今仕事って言ったし、やっぱり仕事だったんだなぁと現実逃避をしてみるが、この後の尋問大会を回避する方法は思い浮かばなかった。

ミハエルとエリセイの浮気調査のために臨時の討伐専門武官の仕事をしているところに、ドンピシャでミハエルが現れて気づかれた件について。……王都はそれなりに広いし、川や海もあって討伐している場所は沢山あるというのに、どういうめぐりあわせだろう。
無言でミハエルに手を引かれ、途中救護テントでタオルを借りた後は、また再び歩き、近くの喫茶店に入ることになった。
無言のミハエルが怖い。だらだらと冷汗が流れ落ちる。
いや、カッコイイし、冷たい表情のミハエルも素敵ではある。でもそれはそれだ。流石にそんなことを考える場面ではないくらいの分別はある。一応身分は隠したし、貴族とは関係ない仕事で、ミハエルとの約束を破ったわけではないけれど……マズいよね。

「イーシャ」

「は、はい」

　名前を呼ばれて、私は背筋を伸ばした。ミハエルの視線が痛い。

「イーシャが何の理由もなく、あんな危険な仕事をするはずがないと俺は思っているのだけど」

「危険と言われましても、ミハエルも同じことを――いえ。すみません」

　確かに危険な仕事ではあるけれど、私だって自分の能力以上のことをするつもりはないし、ミハエルだって同じことをしているじゃないかと言いたい。しかし言いかけたところで、ミハエルから責めるような圧を感じたので、とっさに謝った。

「何故あんなことをしていたのか訳を教えてくれないかな?」

　ジッと青い目で見つめられ続けると、罪悪感が凄まじかった。……すみません、ディアーナ。ミハエルに対して嘘をつくことはできません。

　かといって黙秘も難しい。そもそも今黙秘をしたところで、調査理由を知られるのは時間の問題だろう。

「話せば長くなるのですが……」

「うん。いいよ。話してくれる？」

　これは話すと長くなるからという言葉で、少しでも後回しにして、ひとまずディアーナ達に連絡をと思ったが、それすら難しそうだ。私は早々に白旗を振った。

「実は昨日、ディーナとアセーリャと一緒に王都に来たのですが――」

「えっ？　昨日から来ていたの？　聞いてないんだけれど?!」

　先ほどまでのピリピリした空気がなくなり、ミハエルは大きく目を見開いた。逆にそこまで驚かせるようなことだっただろうかと、私の方がビックリしてしまう。

「えっと。あの、ミハエルにはサプライズにしようという話になっていまして」

「じゃあ、昨日はどこに泊まったの？」

「使用人の方が手配してくださったホテルの方に……」

「何で?!」

　さらにぐわっとミハエルの目が見開かれ顔を近づけられた。顔が近づいたため銀色のまつ毛までよく見える。驚いた顔も綺麗だなぁと思ったが、今は言うべきではない言葉だろう。それに何で?!　と言いたくなる気持ちもよく分かる。

　王都には公爵家の別宅があるのだからホテルに泊まる必要などない。サプライズだって、別に夜にしたって構わないのだ。

「俺は毎日イーシャ不足だというのに。目の前にいながらお預けって酷くない？」

「……そうなのですか？　以前はもっと会っていなかったと思うのですけど」

公爵家で再会する前は、お互い偶然遠目に見るだけだったのだ。こんな風に話すのなんて夢のまた夢だった。むしろ公爵家で花嫁修業を開始してから、ミハエルの絵姿のおかげで婚約前よりずっと充実していた。毎日ミハエルの聖地で寝起きとか幸せすぎて初めは心臓が止まるかと思ったぐらいだ。

「半年前と今の関係性の違いを思い出して欲しい！」

「ははは……」

切に言われて、苦笑いする。確かに世間一般の婚約者や恋人なら毎日会いたいものだと話に聞く。とはいえ、私の場合は毎日会うとかミハエルには悪いが刺激が強すぎる。絵姿で十分満足だ。

「あー、えっと。話を戻しますが、昨日王都についてから、私達はローザヴィ劇場にバレエを見に行っていまして。そこで実は、ミハエルとディーナの婚約者様が、その、女性と一緒に腕を組んで歩いているのを見てしまいまして……」

勘違いではないとは思うけれど、貴方の浮気現場を見ましたと報告するのは中々に難しい。恨みがましく、ミハエルを責めるような言葉に聞こえなければいいけれど……。

私はミハエルに重くて面倒な女だと思われたくない。愛され続けるのが無理だとしても、嫌われるのは嫌だ。

私はミハエルの顔を見れず、下を向いた。

「なるほどね。つまり俺とエリセイが女性をエスコートしているのを見て、浮気をされているのではないかという話になったと」

「はい。それで、ディーナがミハエルのいる別宅に帰るのを拒否されまして、急遽ホテルに泊まることになったのです。それで、あの……浮気が本当なのか調べるために今日は皆で手分けして情報収集をしていまして……。ディーナとアセーリャはお茶会に出席して、貴族の方から情報を収集しているのですが、私は出席できないので……その……」

ミハエルの機嫌が悪い理由の部分の説明に差しかかり、どう話したらいいのかと悩む。嘘をつくわけにはいかない。しかしミハエルを失望させてしまうかもしれない。

そう思うと、情けないことに上手く声が出てこなかった。

「イーシャは臨時の討伐専門武官の仕事をして、武官から話を聞いてみようとしていたと」

「……そうです」

私がしゃべるのを止めてしまうと、私が言うべきだった説明をミハエルが代わりに話す。私は観念して目を閉じ頷いた。

はぁと深くため息をつかれて、私はビクリと肩を揺らす。

「このことは、誰か知っているの？」

「いえ。内緒で来ました」

「使用人は？　イーシャに誰か付いていたでしょ？」

断罪されることを覚悟していると、思いもしない言葉が飛び込んできた。

一瞬何故使用人のことを話されるのかと考え、私は慌てて顔をあげた。そうだ。今の私は貧乏で使用人の一人も雇えない伯爵家の小娘ではない。次期公爵の婚約者なのだ。

「す、すみません。部屋でゆっくりしたいと言って勝手にお休みにしました。あの、オリガは悪くないんです。私が我儘を言って。男装すれば私だと思う人もいないだろうし、その、皆が帰ってくる前にすべてを終わらせるつもりで……」

私が叱られるのは仕方がないことだと思う。ミハエルに呆れられても、自分の責任だ。でもそれのせいで関係ないオリガまで責められたら困る。私一人の行動のせいで、弱い立場にある彼女に害が及ぶかもしれないと思った瞬間、サッと血の気が引いた。

使用人の立場というものをよく理解していたはずなのに。私はなんてことをしてしまったのだろう。仕えるべきご令嬢を危ない目にあわせたら、たとえ責任が令嬢にあっても傍仕えは罰せられる。それが傍仕えの仕事なのだ。

オリガは慣れない公爵家の生活の中、色々私に合わせた仕事をしてくれていた。本当なら姉妹の傍仕えという名誉ある仕事をしていたはずなのに、嫌な顔一つせず、よくしてくれたのだ。

それなのに、私が考えなしの行動をしたせいで職を失ってしまうなんて、あってはいけないことだ。

「本当に反省しています。悪いのは私なんです。もしも私がミハエルの婚約者だと知られたら、公爵家にもミハエルの顔にも泥を塗ってしまうところでし――」

「あのね。正直、別に公爵家や俺に迷惑をかけるのは構わないよ。そうじゃなくて、イーシャがもしも大怪我をしたらと思うと心配なんだ。オリガのことを責めないで欲しいというのなら、罪には問わない。俺はイーシャの嫌なことはしないからね。ただ俺は、自分自身を大事にして欲しいんだ。イーシャの代わりはいないんだから」

「……はい」

　ミハエルは声を荒げることなくやさしく諭すように私に話した。オリガのことも咎めないと言ってもらえてほっとする。

「それから、他にも色々言いたいことはあるけれど、これだけは真っ先に言っておくよ。俺は何があろうと浮気はしない。今回はもちろん仕事だけれど、俺が愛しているのはイーシャだけだから。そこは信じて欲しい」

「はい。分かりました」

　真剣な表情のミハエルを見て、私は頷く。やっぱり今回のことは仕事だったのだ。ミハエルが嘘をついている可能性がないとは言わないけれど、でも私も仕事に違いないと思っていたので、すんなり納得できた。

「ただ、あの。気を使わなくても大丈夫ですよ？」

「……今の言葉は、何一つ気なんか使っていないからね」

ミハエルは真剣だ。実際、彼の言葉に嘘はないのだろう。今のところミハエルは浮気をしていない。でもそれはまだ婚約したばかりだからだ。

「私はミハエルが愛人を作られても大丈夫です」

「作らないからね！　絶対!!」

ミハエルはバンッと机を叩き、腰を浮かせた。あまりの強い否定に、私はびっくりする。ミハエルもしまったという顔をして再び椅子に座ったが、眉間にしわが寄っている。どうやら私はミハエルの地雷を踏みぬいたらしい。

「いや。あの。今すぐの話ではなくて――」

「すぐとか時間の問題じゃない。何でそんなこと言うの？」

眉を下げ少しだけ泣きそうな顔をされるとどうしていいか分からなくなる。

「何でと言われても……だってミハエルだからとしか。そもそもミハエルと私では釣り合いが取れていないし、ミハエルを好きな女性は沢山いるし、その……。私がミハエルを独占するとかあり得ないというか……」

「それは、俺が君の神様だから？」

地を這うようなとても低い声で問われ、私は固まった。頷きたいけれど、頷くことさえできず、石像のようにミハエルを見つめる。

「いいかい？　イーシャはいつだって俺を神様扱いして、そういうことを軽々しく口にするけれど、俺はイーシャを傷つけるようなことはしたくないし、俺とイーシャは対等なの。いい加減神様扱いはしないでくれないか？」

私の目を見つめミハエルが語った内容は前からずっと彼が言っていたものだ。

神様扱いをしないでくれ。

それはミハエルのお願いだし叶えなければと思っている。思っているけれど、十年間ミハエル様を信仰していた身としては、無意識のうちに彼を神様のように扱ってしまう。今だって私はミハエルを神様だと思って発言した内容ではなかった。

呼び方から様を抜き、できる限り神様と言わないようにはしているけれど、無意識な考え方は中々矯正が難しいのだ。

何も言えずにいると、ミハエルはため息をついた後、困ったように笑った。その笑みがまるで傷ついているのを隠すような笑みで苦しい気分になる。私はミハエルが大切で、悲しませるのは不本意なのだ。

「武官の仕事の内容はあまり具体的には話せないけれど、俺と一緒に歩いていたのはとある高貴な方で、その方の護衛任務に就いていたんだ。エリセイも同じ護衛任務につくことになっただけで、やましいことは一切ないよ」

それでもやさしく大人なミハエルは私が困って固まってしまったために、神様扱いの話からは離れてくれた。なんとかしなければいけない問題だとは分かっているけれど、今すぐに解決できそうもないので、私は彼のやさしさに甘んじる。

「ディーナが浮気されていなくて、よかったです。これで悲しませずにすみます」

「……ディディが浮気されるのは駄目なんだ」

「もちろん。浮気をされたら悲しみますから」

「イーシャは浮気されて悲しくないの？　俺は浮気をされたら悲しいよ」

ミハエルに浮気をされたら悲しいかどうか……。たぶん嫌な気分にはなるだろう。私だってミハエルが好きなのだから、彼の興味が自分ではなくなるというのは楽しいことではない。それでも、いざされたとしたら、【やっぱり】という気持ちが真っ先にきそうな気がする。

「相手が私ですから……」

私はどうしてもミハエルが私だけを好きでいてくれると信じられない。ミハエルの言葉を信じられないわけではない。彼は本気でそう思っている。

信じられないのは、私だ。

私がミハエルの気持ちをずっと独り占めできるとは思えないのだ。

「この際、はっきり言っておくけれど——」

『ミハエル、遅いですわ!!』

何を言われるのだろう。私がうじうじとした考え方をしたり、勝手なことをして迷惑をかけたりしているから、とうとう三行半だろうか。

　私が身構えた瞬間、異国語でミハエルが名を呼ばれた。そちらを見れば、金髪の女性が入口の方からずんずんとこちらへ向かって来ていた。その後ろをエリセイと長身の女性が慌てたように追いかけてきている。

　金髪の女性の服装はできるだけ街に溶け込もうという努力を感じる、街中でも見かけそうなものだった。帽子は珍しい異国風のつばの広いものだが、それよりも背筋の伸びた凛としたたたずまいと、場違いな美しさのせいで店の中の客が一斉に彼女を見る。間違いなく、彼女がミハエルの護衛対象である、【高貴な女性】だろう。まとっている空気が違った。

『申し訳ございません』

　ミハエルは椅子から立ち上がると、真っ先に異国語で謝罪をした。ミハエルが謝るだけでも、この女性の身分の高さが分かる。

　一体どのような方なのだろう。

　私が女性をぼんやり見ていると、女性の方も私のことをジッと見てきた。私が見すぎているから目があったような勘違いをしたのかと思ったが、どう見ても女性のエメラルドのような瞳は私だけを映している。

　そう思った瞬間、突然両手で顔を掴まれた。ひんやりとする手の感触に、私はビクリと首をすくめる。

『何をされているのですか?!』

『ねえ。こっちの子の方が、ドレスを着せたら女っぽく見えるんじゃないかしら?』

女?

いや、女ですからとも言えず、私は固まった。っぽいとついているので、バレたわけではなさそうだけれど、どういう意図があるのかさっぱり分からない?

『女っぽい?』

聞き間違えではないと思うが、何となく異国の言葉を繰り返す。すると、女性の目がキラリと輝いた。

『貴方、私の国の言葉が分かるの?!』

『た、多少……』

『言葉が通じるなら、なおさらこの子の方がいいわ。先ほどの討伐も見事だったし。私、素手で海蛇を倒すのなんて初めて見たわ』

分かると言っていい範囲か分からないけれど、一応彼女が何を言っているかは単語を繋(つな)ぎ合わせて理解はできていると思う。

どうやら彼女は私が討伐をしていたところから見ていたらしい。……つまりは彼女をエスコートしていたミハエルも私が海蛇を殴ったのを見たはずだ。

女性らしさからはほど遠い光景に、ミハエルはどう思っただろう。正直顔を覆(おお)いたくなった。

武官を助けた行為が間違っていたとは思わないけれど。でもこの行動だけでも、結婚はちょっと考えなおしたいと言われてもおかしくないのではないだろうか？

『残念ですが、彼は臨時の討伐専門武官なので、契約にない仕事をさせるわけにはいかないのです』

『あら。だったら、私が直接雇えばいいんだわ』

ポンと彼女は手を打つとニコリと笑みを浮かべた。

『決めました。貴方の女装は見苦しいのよ。よって、クビ。この子を私の護衛として採用します』

「へ？　護衛？　……ええっ⁈」

ミハエルに討伐姿を見られたという内容に、現実逃避をしていると、私は突然護衛を命じられてしまった。

異国語だったため、女性からの命令を理解するまでに時間差ができてしまったが、驚きは変わらない。もしかして聞き間違いかとも思ったが、助けを求めて見たミハエルも驚いた顔をしていたので、聞き間違いではなさそうだ。

でも、何で私？

「……今、この瞬間だけは、君の優秀さが憎い」

「は、はぁ」

ミハエルの疲れたような声に、何と返事していいものか分からず、気の抜けた返答となってしまう。優秀だと言われるのは嬉しいけれど、いつもより低い声で憎いと付けられれば歓迎されているようには思えない。

『とりあえず座っていただけますか。この状態では目立ちますので』

『分かったわ』

「お前達も座ってくれ。状況を説明するから」

しまった。この女性がミハエルに頭を下げさせるほど高貴な方なら、私も立つべきだったのでは？　そう思ったが、女性は気にすることなく私の隣に座り、エリセイともう一人の女性はミハエルの隣に座った。

「改めて紹介するよ。彼女は今俺が護衛をしている、とある高貴な女性だ。彼女に関する細かい説明はまた後でするよ」

「わかりました」

現状のミハエルの様子を見れば、お忍びで彼女はここにいるのであって、喫茶店で堂々と名を明かすこともままならない相手なのだろう。正直、後で説明されるのも怖いなぁと思う。ミハエルより身分があり、おいそれと言えない立場など、もしかしなくても、国が関わるような相手に違いない。

「彼女はこの国の言語が得意ではなく、異国語を話すんだ。俺は聞いたり話したりすることに不便がなかったから、通訳兼護衛としてエスコートを承っている。エリセイ達も同じく彼女の護衛だ。そしてエリセイのデート相手だと勘違いした彼だけど……」

「彼？」

エリセイの隣に座る茶髪の女性を改めてみると、すぐになるほどと理解した。この女性は【彼女】ではなく、確かに【彼】だ。

一生懸命女性らしくみせようと髭をそり化粧をしているが、女性にしては体格がよく、ムキムキしている。肩幅も広く、胸はたぶん胸筋だ。はっきり言って、女装が似合わない体型だが、この三人の男性の中では一番背丈が低いようなので、彼が女役に抜擢されたのだろう。でも椅子に座ると、座高の関係から皆同じ背丈に感じる……。正直、どんぐりの背比べ状態だ。せめて冬だったら厚手のコートでムキムキした二の腕だけでも誤魔化せたが、生憎と今は春だ。近くで見ると残念という感想しかわかない。もしもこれがミハエルだったら……。

私は以前ミハエルがした女装を思い出した。あの時は冬だったからコートで体形が隠せていたのもあるけれど、そもそもの美しさが並の女性以上で、私よりずっと綺麗だった。

「武官は女性がいないからね。でも女性しか入れない場所でも護衛が必要だ。彼にはそれを担ってもらっていた……今、クビになったけど」

「はぁ?!　クビ?!　俺、クビですか?!」

どうやら異国語が分からなかったらしい彼は、改めて言われたことに対して慌てて声を荒げた。素の状態の声を聞くと、ますます男にしか見えなくなる。なんとも残念な感じだ。

「うるさい。声を荒げるな。自分の恰好を思い出せ。クビというのは女装をして護衛することに関してだ。武官の人事はこちら側の落ち度もないのに、彼女がどうこうする権利はない。ただお前よりも彼の方が、女装が似合うだろうとおっしゃられたんだ」

私は本物の女性だしね。ミハエルが女装していたら勝ち目はなかったかもしれないが、ムキムキ武官よりは似合うと思う。けれど正直苦笑いしかでない。

「ううう。頑張った分、何だか悔しい。でも分かる気がする」

ムキムキな彼は私の顔を見ると、演技がかった動きでハンカチを噛んだ。敗北宣言され、素質を認められたけれど、あまり嬉しくない。いや、この場合は女だと気が付かれてないので喜ぶべきか。ミハエルがすぐに気が付いてしまったので、私の男装スキルは全然駄目かと思ったけれど、一応は騙(だま)せているらしい。女性が男装して臨時討伐武官の仕事などするはずがないという思い込みありきだろうけど。

「さらに彼は異国語ができる。……どこで覚えたんだい？」

「昔勤めさせていただいたお屋敷に納品していた商人の方と料理人の方に教わりました。ただ、日常会話が聞き取れる程度ですが」

「嘘でしょ?!　家庭教師をつけていたとかじゃないの?!」

ムキムキ武官が再び裏声で驚いてくれたが、……たぶんしゃべらない方が女性に見える気がする。色々苦しい。

「商人と料理人……」

ミハエルが呆然とつぶやいた。はっ?!

普通に考えて、ちゃんと勉強していないのに異国語ができるなんて思わせるようなことを言ったら不味かったのではないだろうか？　きっとこの高貴な女性にどう説明したものかと悩んでいるのだろう。すみません。

「えっと、僕の家は貧乏なもので家庭教師をつけるような余裕はなくて。僕に教えてくれた商人は、定期的に色々な貴族の家を回られていた外国の方だったんです。たまたま何度かお会いするたびに言葉や異国のことを教えてくださいまして。ただし筆記はできませんし、しゃべる方だって知っている単語しか分かりません。単語を組み合わせて何となく意味を掴んでいる状態で、慣用句やことわざを入れられると無理です」

私はできるだけ正確に自分の実力を報告する。

いつか何かの役に立つかもしれないと思い身につけたが、ちゃんとした家庭教師を雇っていたわけではないので、通訳の仕事ができるほどではない。身振り手振りを加えれば何とか意思疎通は可能だという程度だ。

話せると言うと語弊がある気がする。嘘はよくない。私レベルでは話にならないと判断されたとしても仕方がないと思う。

家庭教師の先生は現状で十分だと言っていたが、やっぱり新たに語学教師をつけてもらうべきだった。ミハエルがあんなに流暢に話せるというのに、私が片言では彼に恥をかかせてしまう。王都から帰ったら、すぐにでも勉強を始めよう。

「それでも十分、彼らよりは話せているんだよ。文官なら語学が堪能な人も多いけれど、護衛任務ができるだけの技量はない。逆に武官は頭を使うのが苦手な奴が多くてね」

「つまりどちらもこなせるミハエルは素晴らしいということですね」

知っていましたけど。でも私の尊敬するミハエルが周りからも優秀だと認識されるというのはミハエル教の使徒としては自分のことのように嬉しい。

「褒めてくれるのは嬉しいけれど、今はそういう話ではないからちゃんと聞こうね」

「はい」

私はできる使徒なので、神様の言葉は聞き逃しません。……あ、神様扱いは駄目だったと思いつつも、口に出してはいないのでセーフだということにしておく。

ただしミハエルは私の内心などお見通しだったのか苦笑いをされた。

「君は先ほどの討伐でも優秀だったから彼女は護衛も可能だと思っていらっしゃる。だから君に女装をして護衛をして欲しいそうだ」

男装している女の私が女装して、護衛。それは一周回って普通に護衛ということだけれど、前提は男だと思われての護衛。すごく複雑な演技を求められている気分だ。役者もびっくりだろう。

だが私は女である前に、ミハエル教第一人者。ミハエルを神様扱いするのはできるだけ止めるけれど、改教するつもりはない。

「ミハエルのお役に立てるならばやります」

たぶんミハエルも彼女の意見を無下にすることはできないのだろう。一言も断るようにとは言わないところを見ると、言えないに違いない。だとしたら私がやることなど一つだ。

『ミハエル、彼はなんと言っているの？』

『あ、すみません。頑張ります』

異国語で言い直すと、金髪の女性は大輪の花のような笑みを浮かべた。一応、私の言葉は通じているようだ。

よし。女は度胸だ。こうなったら、男装した女の女装、全力で頑張ります。

護衛の仕事をしていたら、俺の可愛い可愛い婚約者が、何故か男装した上でハンマーを振り回して武官の仕事をしているのを見つけてしまった件について。

世の中、俺のように婚約者にビックリさせられる経験が何度もある人はいるのだろうか――まずいないと断言できる。少なくとも天然でここまでできるのは彼女だけだ。

これまでの俺の人生では、イーシャの神出鬼没さに何度も驚かされてきた。ようやく正体が掴めて婚約できたと思えば、何故か俺の家で使用人をしていた上に、武官を回し蹴りで昏倒させるところに出くわし、さらに俺の愛の告白を斜め上に解釈された上、愛されているはずなのにそれが行きすぎて神様扱いされ、結果フラれかけた。きっと俺のここ数カ月の話を聞いた人は作り話か話を盛っていると思うに違いない。でも恐ろしいことに、全部本当にあったできごとだ。

晴れて両想いとなれたのだから、流石にこれ以上驚かされることはないだろうと思っていたところで、これだ。

もちろんそんなイーシャが好きなのだから、これで嫌うなんてあり得ないけれど、驚きの連続すぎて、だんだん普通が分からなくなってきた。

　普通ってなんだっけ？　少なくとも貴族宅で働くのが駄目だから、男装して臨時討伐武官の仕事をしようとするのは普通ではないと思う。

「……くちゅん」

　護衛の任務を終えイーシャを屋敷に送るために二人で馬車に乗り込んだが、色々ありすぎて悶々と考えていると、小さなくしゃみが聞こえた。その音に俺はハッとする。前を向けば少し顔色を悪くしたイーシャが向かい合わせで座っていた。しまった。一応タオルで拭いてはいたが、それでも服はそれなりに濡れていると思う。春にはなったけれど、日差しがないところは寒いというのに、俺としたことが。

「ごめん、イーシャ」

「すみません」

　俺が謝ると、同時にイーシャまで謝った。お互い、うん？　と顔を見合わせる。

「濡れているのに気が付かなくてごめんね。イーシャはどういう謝罪？」

「いえ、くしゃみをこらえきれなくて申し訳ないというか。それに、いまだに鼻が実はムズムズしておりまして。見苦しい状態で――」

「それ、風邪だから。もっと早く言ってよ。いいよ、くしゃみも我慢しなくても！　本当にごめん。もっと早く気が付けばよかったね。えっと、服を買う時間が勿体ないから、ひとまず俺の家に――」

「あの。私の元々着ていたドレスが、荷物預かり所にあるので、そこに行っていただけるとありがたいのですが」

正直服なんて、いくらでも買ってあげられるのだから、さっさと安全な家に連れて行きたかった。しかしあまりにすまなそうにしているイーシャを見ると、このまま服を回収しなければ、服をなくした罪悪感で彼女の頭がいっぱいになってしまうのが分かる。イーシャはあまり裕福な家庭ではなかったせいか倹約家だ。……仕方がない、ここは彼女の意志を尊重しよう。

俺は御者に命令して、荷物預かり所へ馬車を動かすと、濡れたイーシャの武官のジャケットを脱がし、代わりに俺が今着ている上着を羽織ってもらう。少しだけ触れたイーシャの体は冷たかった。風邪を本格的に引かなければいいけれど。

「み、ミハエル?!」

「それで少しはマシだと思うけれど、何だか顔が赤いな。大丈夫？」

「は、はい。に、匂いと体温が……いえ。あの。大丈夫……です」

イーシャは俯きつつも、俺の服をギュッと握りコクコクと頷いた。臭いがと言っていたので、もしかしたら汗臭かったかもしれないが、ひとまずこれで我慢してもらおう。……それにしても、俺の服を羽織るとイーシャが小柄なのがより一層分かる。こんな華奢なイーシャが護衛任務だなんて。イーシャの実力は知っているけれど、それでも心配になる。

でも決まってしまったのだから、どうイーシャの安全を確保できるようにするか考えるべきだろう。

とりあえずは、どこまでの情報をイーシャに伝えておくべきか。何も知らないではイーシャもやりにくいはずだ。

「先ほどの女性のことだけれど」

「あ、ちゃんと浮気ではなく仕事だと分かりましたから」

俺が護衛対象について話そうとすると、イーシャは分かっていますとばかりに手をあげた。とても愛している相手から、愛人を勧められたのはショックだったが、それでも浮気をしていないという俺の言葉は信じてくれているのは素直に嬉（うれ）しい。

「うん。それはよかったよ。でもその話ではなくてね。あの女性の素性のことなんだけど。実は、彼女はとある国の王女なんだ。彼女はお忍びでこの国を視察したいらしくてね、王太子直々（じきじき）に極秘で任務が回ってきたんだよ」

俺は具体的な国名は避けて伝えたが、頭のいいイーシャは王女の使っていた言語からどこの国かは推測できてしまうだろう。それは仕方がないことだけれど、あまり情報を知りすぎて、後々イーシャが変なことに巻き込まれたら怖いので、俺は話せる内容を選別しながら伝える。

幸いなのが、イーシャがイーシャとして彼女の護衛につくわけではないところだ。何かあっても、臨時討伐専門武官をしていた【アレクセイ】は実在しないのだから誤魔化（ごまか）しようもある。

「分かりました。私は彼女が楽しく観光するお手伝いをすればいいというわけですね」

「簡単に言えばそういうことだね」

察しのいいイーシャはすぐに納得したようで、話しても問題ない言葉で返事を返してくる。

……本当に、イーシャは凄い子だと思う。たぶんイーシャなら、どんな問題も何とかできるだけの技量があるだろう。頭もいいし、武力もある。だから彼女を危険なことに近づけたくないというのは俺の我儘だ。

そうこうしているうちに、馬車は預かり所についた。イーシャがドレスを受け取ったので、馬車の中で着替えてもらい、俺は外で待つ。イーシャはとても申し訳なさそうな顔をしたが、婚約したとはいえ、結婚前に彼女の肌を見るわけにいかない。

イーシャが服を脱ぐ姿を妄想しかけた俺は慌てて首を横に振り、煩悩を退散させる。イーシャは俺に夢を持っているのだからできればそれを壊したくないし、カッコイイと思い続けて欲しい。

「エリセイ達は上手くやっているかな」

煩悩を追い出すためにあえて、ついさっきのことを振り返る。女装した同僚の姿を思い浮かべると、心臓の高鳴りは一瞬で消えた。

王女を送った俺は、イーシャを家に送りがてら、任務について細やかな説明をするという名目で先に今日の任務から外れたのだ。一応は俺の仕事は王女の護衛なので、王宮に送り届ければ終わりとなる。しかし実際は外出についての報告書を書いたり、王女が使用したお金の精算をしたり、さらに他の護衛業務の人への明日の行動の打ち合わせなど後処理が残っていた。

　それらを全部任せてきたわけだが、別れ際にエリセイには、妹に浮気をしていると勘違いされている話を伝えておいた。聞いた時、彼は愕然とし、遠ざかる俺らの馬車に向かって何やら叫んでいた。頑張れ、義弟よ。

「ミハエルが悪い顔している……」

　俺だけが振り回されるなんて面白くないので、エリセイも同じ立場に落としてみたが、そんな悪だくみ中にうっとりとした声が聞こえた。……振り回されるのはやっぱり俺の方が上だな。

　振り返れば、馬車のドアを開け、イーシャが外に出ようとしているところだった。

「すみません。ミハエル。もう大丈夫です」

「いや……」

　馬車の前にドレスをまとったイーシャが立つ。急いで着替えたためか外套を羽織らず、化粧もせず、さらに髪も下ろしただけの状態だったが、いや、してないからこそ本来の可憐さと華奢さが際立っている。まるで妖精のようだ。

　服がズボンだったからといって、こんな可愛らしいイーシャを女だと見抜けなかった奴らの目は節穴だと思う。

「……可愛いね」

「あ、ありがとうございます」

本来ならもっと洒落(しゃれ)た言葉で女性は褒(ほ)めるべきなのだろうけれど、思わず口から本音がこぼれ落ちた。それに対して、イーシャは恥ずかしそうに微笑(ほほえ)む。それすら、誰にも見せたくないぐらい可愛かった。

無防備なイーシャを見つめているとドキドキして、落ち着かない気分になる。

「これからどうする？　俺の家に行く？」

誘う声が少しだけ裏返ってしまってカッコ悪い。イーシャは気が付いただろうか？　できればカッコイイ俺を見せたいのに上手くいかない。

そんなことを思っていると、イーシャは首を横に振った。

「いえ、まずはホテルに帰ってディーナ達の誤解を解くべきかと思います。もしかしたらオリガもう帰ってきてしまっているかもしれませんし……。あの、本当に、オリガは叱(しか)らないでください。本当に、本当に、いつもよくしてくれているんです」

「分かったよ」

再び使用人の弁明をされて、少しだけ妬(や)ける。

それでもそんな姿を見せたらイーシャに呆(あき)れられそうなので、俺は大人な態度で頷いた。

「私が実家に帰った後は、オリガをまたディーナ達の傍仕(そばづか)えに戻(もど)してあげてください。たまたま私が使用人として働いていたことを知っているからといって、私の面倒を押し付けられてしまって申し訳ないのに。もしも私のせいで元の仕事に戻れなくなったら……」

ん？

イーシャがそこまで言うのだから、もちろん彼女の意見は全面的に了承する気ではいるけれど、オリガという使用人は本当に俺の妹達の傍仕えに戻りたいのだろうか？

イーシャの頭は悪くない。突飛な行動もするけれど、ちゃんと場に合わせた適切な行動もとれる。でもどうしようもなく、自信がない時がある。

一度オリガの意見も聞いてみる必要がありそうな気がする。どちらにしてもすべては帰ってからだ。俺達は馬車に再び乗り込み、イーシャの案内でホテルへ移動した。

「お兄様?!　えっ？　イーラ?!」

ホテルに入ると、エントランスでタイミングよくディディとアセーリャ、それに使用人達とばったり顔を合わせることになった。俺達に気が付いたディディとアセーリャは困惑した顔をする。

「イーラ姉様。お兄様に会いに行ったの？」

「あの。それは……」

「その件は俺が説明させてもらうよ。まず勘違いしないで欲しいのは、イーシャは俺に会いに来たわけではなくて、偶然外で会ったんだ。それでイーシャの事情を俺が聞き出したけれど、そのことでイーシャを責めないで欲しい」

妹達は変わらず困惑気味だ。でも微かにディディからは苛立ちを感じる。

俺とエリセイが浮気をしたのは勘違いなのだけれど、貴族のお茶会に出席して情報を集めたと聞くし、かなりのガセネタを掴まされている可能性も高い。ディディは俺の言動をどこまで信じていいか分からないのだろう。

とはいえ、この件でイーシャと妹達の仲がこじれては困るので、真っ先に俺はイーシャの無実を話した。イーシャがやったのは俺に会いに来るよりもとんでもないことだったけれど、二人を裏切って俺に話をしに向かったわけではないということだけは分かってもらいたい。

「詳しい説明は部屋でさせてもらっていい？　ここだと落ち着いて話ができないからね」

「……そうですわね。分かりました」

俺の言葉に、ディディは頷く。アセーリャはその様子にどこかほっとした顔をしていた。

宿泊している部屋に通された俺は、椅子に座ることなく浮気をしていないことを話した。イーシャに話したように、妹達にも詳しくは話せないが、護衛任務だという話ぐらいはできる。

「つまりミーシャとエーリャの浮気は誤解だったと言いたいのね？」

「そういうこと。俺達がそんなことすると思う？　特に俺のイーシャ一筋は知っているよね？」

妹達にはストーカーとか酷い言われようだったけれど、でも十年近くイーシャだけを追いかけて、女性と付き合ったことがないのは、妹達こそよく知っているはずだ。俺のその訴えは的を射ていたようで、信じ切るに至らなくても、確かにという顔をしていた。

「イーシャは最初から俺が仕事の一環で女性といたんじゃないかと思ってくれていたみたいだよ。彼女は臨時の討伐専門武官に紛(まぎ)れて神形(みかたち)を討伐しつつ、武官から情報を得ようとしてくれたんだ」

「……は？　討伐？」

「えっ？　どういうこと？」

そしてさらに揺さぶりをかける爆弾のような情報を公開すると、二人はどちらも目を丸くした。さらに妹達だけでなく、使用人までも顔色を変えている。……だよね？　普通に考えてそんな危険なことをやったの?!　という気分になるよね。これならまだ他の貴族の家に出稼ぎに行かれている方が安心する。

そして思った通り、二人は浮気のことよりイーシャの方に意識が完璧に向いた。イーシャは突然話題の中心になって慌てている。話を浮気からずらすために使ったのはズルイかもしれないけれど、でもイーシャは周りが心配するということを知った方がいいと思う。

「イーシャは男装して討伐をしていてね、偶然海蛇(シーサーペント)を素手で殴って倒しているところに俺は出くわしたんだ」

「「素手?!」」

「あ、あれは緊急事態だったと言いますか……」

確かに緊急事態ではあった。あそこでイーシャの手助けが入らなければ、あの武官は最悪命を落としていただろう。

けれど素手で神形を倒すとか、討伐に慣れた軍人でも理解を絶する方法だ。

イーシャはその後も必死に言い訳を重ねていたが、言えば言うほど墓穴を掘っていた。

「申し訳ございません。私がちゃんとお止めしていれば」

そんなイーシャに対して、赤毛の使用人が頭を下げた。主人から意見を求められたわけではないにも関わらず自分から謝罪をするのは常識外れな行動だ。しかし顔を青ざめさせている彼女はそれでも言わねばならないと思ったらしい。責任感が強く、イーシャのことを本気で大切に思っているようだ。

「違うの。オリガは悪くないよ。悪いのは全面的に私だから。私がディーナの誤解を早く解きたいと思って先走ってしまったからで……ミハエルにもお願いしたけれど、オリガを責めるのだけは止めてください。本当に、本当に、よくしてもらっているから」

イーシャは俺に言ったことを、妹達にもお願いする。彼女自身も使用人をしていたからというのもあるだろうが、彼女は弱者を切り捨てて自分を守ろうとする性格ではないようだ。この辺りは、領民を見捨てる貴族が多い中、借金を負っても領民を守ろうとしたカラエフ伯爵によく似ている。

領地経営は決して上手とは言えないが、婚約前にカラエフ地方の調査をした時もカラエフ伯爵を悪く言う領民はおらず、むしろ人気が高かった。

「それはいいけれど……。私も少し我を忘れていたと思うから。でも私のためにそういう危ないことをするのは止めてちょうだい」

「すみません。以前にもやったことがある仕事なので……これぐらいなら大丈夫だと勝手に判断してしまい――」

「「「は？」」」

妹達と俺は信じられない言葉を同時に聞き返した。三人同時に聞き返すということはたぶん聞き間違えではないけれど……以前にやっていた？

いや、うん。そうだね。やっていなかったら、いくらなんでも男装して臨時討伐武官になろうなんて考えないよね。

恐ろしい言葉に戦慄（せんりつ）するが、でもイーシャの能力を考えると確かにそれほど危険に感じてないのも分かる気がする。素手で水の神形を倒すなんて、慣れている証拠だ。そう考えれば、イーシャが考えなしに動いたというよりも、彼女はできると判断したと考えた方が妥当だろう。自分ができないことをやろうとしていたわけではない。

聞けば聞くほど、イーシャの口からは予想を大きく超える言葉が出てくる。

「あの、えっと。そうだ。ディーナの婚約者様が一緒にいた方ですが、実は男の人で、やっぱり浮気ではないみたいですよ！　実際にお会いしたので間違いありません。よかったですね」

「えっ。ちょっと待って、色々情報がおかしすぎて、追い付いていないから」

これ以上自分のことを詮索されるのを避けたかったのか、イーシャは再び浮気騒動の方に話を無理やり戻したが、ディディの方が許容量を超えてしまったらしい。片手を前に突き出し、もう一方の手でおでこのあたりを押さえている。

「……でも、私が見たのはドレス姿の方だったと思うのだけど」

「はい。女装されていましたから」

数秒考え込んだ後、ディディは反論を試みたようだが、イーシャの悪気ない説明に固まる。アセーリャもディディと同じように鳩が豆鉄砲を食らったようなぽかんとした顔をした。

「えっ？　イーラ姉様、本当に？」

少しだけ疑わし気な目をしたが、真実だったので、俺も事情を説明する。すると二人は困惑していますと書いたような顔をしていたが、一応は納得してくれた。

俺だって真実を知らず、浮気をしたと誤解した相手の隣にいたのは女装した武官だなんて言われたら何のジョークだろうと思ったに違いない。ある意味、女装している同僚に男装したイーシャが第三者として会ってくれてよかったような――いや、何だか情報が混沌としすぎて余計に真実味がないな。

「ミーシャの言い分は分かりました。……たぶん私の勘違いだったのでしょうね。私が怒りで我を忘れてしまったせいでイーラに危険なことをさせてしまってごめんなさい」

「気になさらないでください、ディーナ。内緒で武官の仕事をしたのは私も軽率でした。そもそも私が勝手にやったことなので」

ディディが素直に謝ると、イーシャは慌てたように自分の方に非があったのだと、妹を庇（かば）った。

そんな二人のやり取りを見ていると、本当に仲よくなったのだなと思う。……というか、いつの間にか、二人の呼び方が略称になっている。えっ、俺、まだ略称で呼ばれてないんだけど？

これが一緒に過ごした日数の違いだろうか。だとしたら一刻も早くイーシャには俺の住む別宅に来てもらわなければ。

「じゃあ、懸念材料はなくなったわけだから、ホテル暮らしは止めて俺の家に行こう」

使用人に荷物をすぐさままとめてもらうと、俺は急（せ）かすようにホテルから別宅に移動した。もう絶対離してなるものかという執念が見えたのか、妹達はそのことには文句を言わなかった。

ホテルを出て屋敷に移動すると、昨日の時点でイーシャは目と鼻の先にいたのだと分かって神を恨みたくなった。毎日イーシャ不足で枕を濡らしていたというのに、こんなに近くにいたなんて。俺が紛らわしい仕事をしたからだけれど、俺の責任ではないところが大きいのだから酷い話だ。こんな厄介（やっかい）な仕事を押し付けた王太子、本当に恨むぞ。

そんな状態で妹達を連れて屋敷に帰ると、なんと玄関前にディディの婚約者であり、俺と同じく浮気を疑われた男、エリセイが真っ赤な薔薇（ばら）を持って待っていた。

　仕事を押し付けた俺を恨みがましくエリセイは睨（にら）んだが、すぐさまディディの前に跪（ひざまず）き薔薇を差し出した。

「ディディ。俺のディアーノチカ。浮気は誤解なんだ。俺が愛しているのは君だけだ」

「こ、このような場所で。おやめください」

　どうやらあの後速攻で仕事を終えるや否や、急いで花屋へ行き、そのままここへ来たらしい。エリセイは軍服を着たままだった。浮気を疑われたのが本気で嫌だったのだろう。

　玄関前で愛の告白をされることに羞恥（しゅうち）を覚えたらしいディディがエリセイを屋敷の中に招き入れる。

　その後彼はずっとディディのご機嫌取りをしているわけだが、俺の妹も頑固だから中々許すと言えないようだ。とはいえ、顔を真っ赤にさせているので、内心喜んでいるのがまったく隠せていない。

「人前で愛称呼びは止めてください。……仕事だというのは分かりましたわ」

「そうさ。仕事じゃなければ、何が悲しくて俺よりもムキムキ筋肉をエスコートしなければいけないというんだ？　どう考えても拷問（ごうもん）だと思わない？」

「美しい女性ならさぞかしご褒美だったのでしょうね」

　あっ。言葉の選択を間違えたようだ。確かにあれは、どちらにとっても罰ゲームのようではあったけれど。

　慌てて、好きではない女性をエスコートするというのがそもそも罰ゲームであり、自分の隣にいて欲しいのは君だけだと必死に言い訳をしている。

　俺は仕事だと分かっているからもちろんエリセイを許すけれど、これでもし本当に彼が浮気していたならば、しっかり落とし前を付けさせていただろう。ディディはイーシャに少しだけ似ていて、家のためなら多少の自己犠牲も飲んでしまうような子だ。もちろんイーシャほどではなく、自分の意見もはっきり言える子だけれど、兄としては幸せな結婚をして欲しいと思っている。

　エリセイが妹を泣かせるような男ではなくてよかった。

「でも言い分は理解しましたわ。仕事な上に、そもそも相手は男性なのですから、仕方がありませんね」

「許してくれる？」

「休みの日で構いませんので、王都観光に連れて行ってくださるのでしたら許します」

　とっくの昔に許していそうだが、わざと拗ねたようにツンとした態度をとるディディに、エリセイは破顔した。彼はよく俺の妹の性格を把握しているらしい。

「もちろんだとも」

　なんとか丸く収まったようだ。実際にこんな修羅場になったらすごく辛いが、まったく嫉妬の片鱗さえ見せず、逆に愛人ができても構わないと言われた身としては、少し羨ましくもある。

さて、そんな斜め上発言を俺にした婚約者は、ディディの成り行きをハラハラといった様子で眺めていた。……何故妹が浮気されるのは駄目なのに自分はいいのか。いまだに解せない。

「ミハエル、仕事を押し付けて、爆弾だけ落としていくなんて酷いじゃないか」

「俺だって浮気を疑われたことで、色々と修羅場だったんだよ」

ディディとデートの約束をしたエリセイは、ご機嫌取りが終わると俺の方にやってきて、不満げな顔で文句を言ってきた。でも教えてやっただけ親切だと思って欲しい。

もしも教えなかったら、ディディとのデートもなかっただろうし、下手したらディディに久々に会ったというのによく分からないままツンツンとした態度をとられていたかもしれないのだから。

むしろ俺らより円満に話がまとまり羨ましい限りだ。

「修羅場……ああ。そういえば、ミハエルもやっと婚約したんだっけ」

「そうだよ。やっと婚約できたんだ」

たぶん彼の考える修羅場とは違う状況だろうけれどね。

「それから、実はさっきから気になっていたんだけど、あの子って……喫茶店の子に似ていない？　えっと、もしかして双子の姉とか？」

ディディの件が片付いたことで、ようやく周りを見る余裕が出たようだ。

そしてイーシャは、現在髪だけはささっと使用人が整えたが、化粧などはまだしていない状態だ。流石に間近で会っているエリセイは気が付いたようだ。

しかしイーシャが男装ではなくドレス姿になっているので同一人物だと自信が持てないのだろう。俺としては明らかに本人だよねと言いたいところだが、ドレスを着るような身分の女性が男装して、なおかつ討伐専門武官として多くの神形を討伐していたなんて、にわかには信じられない気持ちも分かる。

「残念だけど、本人だよ。双子でも姉弟でもない」

「えっ。まさか本当に女の子だったんだ……。いや、見た目は違和感ないんだけど。いや。うん」

言いたいことは分かる。海蛇を捕まえて素手で殴って倒し、本職の武官を助けている場面を見たら、余計に信じがたいだろう。安心して欲しい。これからもっと信じられない話をするから。

「丁度（ちょうど）いいから紹介するよ。イーシャ、ちょっといいかい？」

「はい」

俺が呼ぶと、少し嬉しそうに近寄って来た。……可愛い。見えない犬の尻尾がブンブン揺れている気がする。

「改めて紹介するよ。彼はエリセイ・エリコヴィチ・オステルマン。オステルマン伯爵家の次男で、ディディの婚約者さ。仕事は武官をしているのは知っているよね。衛生部に所属しているから、医学への見識が広いよ」

「そうなのですね。初めまして、エリセイ様」

「そして彼女は、イリーナ・イヴァノヴナ・カラエフ。カラエフ伯爵家の長女で、俺の婚約者さ」

「えっ？　うぇぇぇぇ?!　婚約者ってあの？　えっ？　いいの?!　いや、えっと？　婚約を批判しているわけではなくて、その……」

言いたいことはなんとなく分かる。たぶん婚約自体を批判しているわけではない。彼も俺が長らく初恋をこじらせていたことは知っている。

「王女の護衛任務の件は、正直に言えばよくない」

俺はイーシャを危険に近づけたくないのだ。

「その……すみません。軽々しく引き受けてしまって」

「いや。俺でも断れなかったから、それは仕方がないと思うんだ」

できれば安全な場所にいて欲しいけれど、王女が直接雇うというのなら、俺には口出しできない問題だ。かといって、イーシャが理由もなく断れば、彼女もまたただではすまない。

そして王女が言う通り、イーシャは護衛としては適任だった。女性だけしか入れない場所に付いていくこともできるし、武芸の能力も申し分ない。その上王女の国の言葉も片言とはいえ分かるのだ。婚約者でなければ、俺の方からお願いしたいぐらいの人材だ。

「でも婚約者としては、絶対無茶はして欲しくないな。できる限りフォローはしていくから――」

「確かに私はミハエルほど完璧ではありません。他国の王女の護衛を務めるには、まだまだ能力も経験も足りないと思います。ですがこれまでの経験を駆使し、必ずやミハエルの顔に泥を塗らぬ完璧な仕事をしてみせます」

「いやいやいや。違うからね。そういう意味じゃないからね」

出た。イーシャの斜め上解釈&使徒モード。普通に婚約者だから心配しているという言葉だったのに、勝手に能力を心配していると思われている。普段は普通なのに、どうして時折常識が明後日な方向に吹っ飛ぶのだろう。

「本当に、無茶だけはしないで」

俺の言葉はどれぐらい真っ直ぐ彼女に伝わっているのか……心配だ。

「何というか、凄い前向きな子？　……だね？」

「うん。そうだね。そこはイーシャのいいところの一つなんだ」

前向きというには俺の言葉の受け取り方がおかしい気がするけれど……。しかし俺に褒められたとテレテレしているイーシャを見ると凄く可愛い。やっぱり好き。

ブンブンとイーシャに振り回されつつ、俺は彼女が無茶をする前に守らなければと心に決めるのだった。

「はぁ……ミハエル様、素敵……」

ミハエルに連れられ別宅に移動した私は、ディアーナの誤解を解くために彼女の婚約者が薔薇の花束を持って突撃お宅訪問してくるというラブロマンスを見た。ディアーナが浮気されておらず、さらに婚約者との仲もこじれなくてよかったとほっとし、エリセイが帰ったところで、念願のものを見せてもらった。

「色も素晴らしい再現ですよね。白髪ではなく銀髪だと分かるし、これを描かれた方は素晴らしい腕前です。そしてこの角度。左斜め四十五度。完璧にミハエル様の美しさを捉えています」

廊下に飾られたミハエルの肖像画は、ミハエルとディアーナとアセルが外でお茶をしている姿だ。テーブルに置かれた果物籠などの小物まで、まるで本物が置かれているかのように忠実に描かれ、製作者の技術力の高さが分かる。私は絵については勉強不足でド素人(しろうと)だけれど、ミハエル様の絵姿を見る目だけは自信があった。それにしても、実物を脚色したわけでもないのに三人が三人とも美しすぎて、まるで宗教画のようだ。至福の一時である。

生きていてよかった。ありがとう。

ミハエル成分摂取により、また生きる力が湧いてきた私は、熱くなった頬を両手で押さえてため息をつく。

「ねえ。イーシャ。俺は隣にいるんだけど」

「はい。隣にもいらっしゃいますね」

隣から聞こえてくる美声に答えつつ、私は目の前のミハエル様に集中する。

「もじゃなくて、隣にいるのが本体だから。そしてイーシャの視線は、本体じゃない方を向いているよね？」

幸せを満喫していると、ミハエルから文句が出た。うーん。確かにミハエルは隣にいるけれど、なんというか、これは別腹なのだ。

「でも、このミハエル様は十五歳ごろのミハエル様ですよね？　私初めてお会いしたのですけれど。もう感動しかありません。見てください。この時期は背も伸び、ぐんと男っぽくなられて――」

「えっ。イーラ姉様、何でお兄様の年齢当てられるの？　私もこのお兄様が何歳かって聞かれても分からないんだけど」

舞踏会などの給仕中に遠くから見てた時、中性的な容姿から一気に男らしくなっていくのを感じていたのを思い返していると、アセルがギョッとしたような顔で私を見てきた。

「お洋服が学生のものだからなのと、胸に付けられたバッチが学年を表すものだからです。たとえお会いしたことがなくても分かります。ミハエル教の常識です」

「つまり世間の非常識ね」

自信をもってミハエル教の知識を披露すると、ディアーナが呆れたような顔をした。

彼女の言い方は少し酷いけれど、ミハエル教は規模が小さく、私が知っている信者は私だけ状態なので、そうかもしれない。でもこの学校に通っていた人なら分かると思う。たぶん。

「ミハエル様成分が沢山補給できました。ありがとうございます。これで明日からの護衛任務も頑張れそうです」

「そういう理由で屋敷を案内しているわけじゃなかったけどね」

今はミハエルの絵姿を見せてもらってはいるが、本来の目的は別宅に初めて来た私への案内だ。案内だけなら、使用人の誰かに適当に寝る部屋だけ教えてもらえばいいかと思っていたが、何故かすごく気合を入れたご兄妹全員総出で案内してくれている。ついでにそこに傍仕えの方々が付いてきているので、何だか団体の観光客のようだ。

実際私は観光客気分だけれど。ミハエルが住むお屋敷ツアーなんて、夢のような観光だ。もう、いつ死んでもいい……嘘です。生きます。すべてのミハエル様を見ていないのに死ぬわけにはいかない。

「イーシャの部屋はここで、服も用意しているけれど、もしよければ俺の部屋に――」

「未婚の男女が同じ部屋とか駄目に決まっているでしょうが」

　ミハエルの冗談を遮るようにディアーナがツッコミを入れた。流石、兄妹一の常識人だ。

ディアーナの真面目な表情にミハエルが少したじろぐ。

　うんうん。ディアーナもいつもの調子が戻ってきたらしい。

「あ、私も、ミハエルの寝顔が隣にあったら永遠に見続けて寝不足になるのでご遠慮します。でも部屋に飾っていい肖像画があれば一枚貸していただけると嬉しいです」

　明日の護衛任務に響くので、これ以上のミハエル成分はいらないけれど、自宅にいた頃からの日課であるミハエルの絵姿への祈りができたら嬉しい。

　私の言葉にミハエルが引きつった笑みを見せながらも使用人に用意するように言ってくれた。ありがとうございます。いい夢が見れそうです。

　私が使わせていただく部屋に行くと、すでにクローゼットには沢山の服が入れられていた。どれもこれも見覚えがなく、別宅用に新しく用意してもらったものに違いない。

「イーラ姉様のために私達も沢山服を選んだからね」

「そんな、公爵家にもご用意していただいたのに。別宅にまでなんて……すみません」

「何を言っているの？　イーラは公爵家と別宅を行き来するようになるのだから、どちらにもドレスは必要でしょう？」

　公爵家の屋敷から持っていけばいいのでは？　と思ったが、身軽に移動するためには、かさばるドレスをそれぞれに置いた方が使用人も楽だろう。理屈は分かるけれど、分かりたくない金銭感覚だ。

魔法のようにポンポンとドレスがでてくるけれど、ドレスというのは本当に高価で、普通はそんな何枚も買えるものではない。ドレス一枚が使用人一人の一月の給料分とかするのだ。

「それにこんなに沢山のドレスを着回せる気がしない……」

クローゼットの中のドレスを見ていると、死蔵が多くなりそうで心配だ。

「そこはオリガがちゃんと覚えているから大丈夫よ。状況に応じて組み合わせてくれるわ。ね、オリガ?」

「はい。ドレスと靴、小物はすべてリストにしてありますので、私の方でコーディネートさせていただきます。もちろんイリーナ様が着たい服があればそちらを優先させていただきますが」

……ん? オリガがコーディネート?

今とんでもないことを言われたような……って、言われているよ。私は聞き流すわけにはいかない言葉に、待ったをかけた。

「待って。ちょっと待って。オリガは私が実家に戻ったら、ディーナ達の傍仕えに戻れるんですよね?」

公爵家の屋敷ではなく、ここの服をということは、彼女は私が結婚した後も私の傍仕えのままということだ。

「えっ。一応私達の傍仕えの人員は見直したし、そういう予定ではなかったけれど……。もちろん、イーシャが結婚するまでの期間は、仕事の申し送りと指導をお願いするつもりよ」

「そんな。オリガは凄くできる使用人なんです。私にずっと付き合わせるなんて可哀想すぎます。ちゃんと元の仕事に戻してあげてください」

折角(せっかく)、姉妹の傍仕えになるほどの昇格をした使用人が、私の傍仕えに左遷(させん)とか酷すぎる。姉妹の不興を買ったとか、仕事ができないとかではないのだ。

確かに洗濯女中や調理補助女中にさせられるようなあからさまな降格ではないけれど。それでも傍仕えするなら、私のような令嬢もどきではなく、美しくて聡明(そうめい)で、完璧な令嬢の方がいいはずだ。

「えっ……。イリーナ様は……私の仕事は駄目だったでしょうか？　あ、あの。どこが悪かったか教えていただければ……」

「ち、違うの。オリガが駄目ではなくて、私では駄目というか。オリガだって、こんな人事酷いと思いませんか？　オリガは、ちゃんとその能力にあったところで働かなければ勿体ない人材だもの」

まるで私がクビ宣言をしたかのように顔面を蒼白(そうはく)にさせるオリガを見て、私は言い方を間違えてしまったかもしれないと慌てた。どちらかといえば、オリガがクビではなく、私がクビだ。

「私はイリーナ様のお役に立てていたんですよね?!」

私がクビではなく、どちらかというと栄転というか、返り咲き的な話をしているのだと説明すると、ぐいぐいとオリガが前傾になるような勢いで確認をしてきた。自分の今後の仕事がかかっているのだから、必死になるのは分かるので、私はすぐさま頷く。

「えっ、は、はい。立てていました。ものすごく助かりました」

「なら、私はイリーナ様にお仕えしたいです」

「えっ？　いや、私に遠慮はいらないですよ？　自分の気持ちに正直になってください」

予想外の言葉に目が点になる。義理堅い性格なのかもしれないけれど、チャンスの女神は前髪しかないというぐらいだ。私と二人きりの時にそう言うぐらいならいいが、ディアーナとアセルの前でそんなことを言ったら、二度と元の仕事に戻れなくなってしまう。

「正直に言わせていただくなら、イリーナ様のご意向に一番合わせられるのは私だと自負しております！」

オリガの勢いに押されて、私は戸惑う。……おかしいな。何かオリガがムキになってしまうようなことを言っただろうか？　ちゃんとオリガが素晴らしい使用人だということは伝えたつもりだったのだけれど。オリガの赤毛が真っ赤に燃えているような幻覚を見るぐらいの熱いものを感じる。

「イーシャが問題ないならオリガにそのまま傍仕えしてもらえばいいんじゃないかな？　彼女

はイーシャがいいと言っているのだから」

ミハエルの言葉に、本当にいいのかと心配になるが、オリガは引いてくれそうもない。ちらっとディアーナ達を見たけれど、彼女達は呆れているような顔で私を見ていた。ううう。何が悪かったのかさっぱり分からない。

分からないけれど、私が頷かなければ、この場が収まることはないだろう。

「な、なら。お願いします。あの、嫌になったらいつでも言ってください」

いいのだろうかと思うが、オリガが珍しく破顔したので私は頷くしかなかった。

スパンッ。

私がフォークとナイフを投げると、オリガが用意してくれたコルク版にブスッと刺さった。うん。今のは結構上手に投げられた気がする。いい具合に集中力も上がっていそうだ。

今日は王女の護衛の初日だ。興奮のせいか早めに目が覚めてしまった私は、折角なので公爵家でこっそり練習していた、フォーク投げとナイフ投げの練習をしていた。最初は思ったところに投げることができなかったが、地道にやるうちに大分とさまになったように思う。まだ実戦に持ち込むには心許ない（こころもとない）コントロールだけど、もしもの時にはやるだけの価値はある。護衛任務の食事会場で襲われたら、試しにやってみよう。

ちゃんと当てられなくても突然モノを投げられれば、相手は怯むはずだ。

「でももう少し精度をあげられないものかしら……。できるなら指屈筋腱とかピンポイントで狙えるといいけれど」

指屈筋腱を傷つければ指が曲がらなくなって相手の武器を落とすことができる。相手を殺してしまうと困る場合もあるので、狙う場所は慎重にだ。

よし、もう一度。

「えいっ」

「イーシャ、ちょっといいかな」

スパンッ。

突然ドアが開いたことにより、ミハエルの鼻先をかすめるようにフォークが飛んでいった。反射的に固まるミハエルを私も呆然と見てしまったが、すぐに私は何が起きたかを理解し叫んだ。

「だ、大丈夫ですか?! か、顔に怪我は?! すみません、すみません、すみませんっ!!」

オリガは私の性格を分かっているので、朝着替える服は前日に用意しておいてくれ、着替え自体は私に任せてくれていた。舞踏会などの特別な場に行かない限り、私だけでもなんとかなる。というか何とかなるものを用意してくれている。それは旅行先でも変わらない。だから時

間にならなければ部屋に入ってこないし、入ってくるにしてもノックがあるため、油断をした。

「いや。大丈夫。……俺こそ、ノックもせずにごめんね？　えっと」

「朝の日課をしていました。ミハエルの足を引っ張らないためにも技能を広げるのは大切なので。あっ。ミハエルからしたら大したことないかもしれないですけど」

きっとミハエルなら、こんな練習などしなくても、簡単にできてしまうのだろう。……向かってくる敵をさらりとかわし戦うミハエル……カッコイイ。うん。この舞台のような場面を汚さないよう、私はしっかり脇役担当をしよう。

「……もう一度言うけれど、イーシャの能力は疑っていないからね？　これは本心だから。俺はただイーシャが護衛の仕事をしたせいで傷つくのが嫌なだけなんだ」

「わ、私ごときに、勿体ないお言葉です。全力で頑張ります」

ミハエルに認められているならば、なおのことその期待を裏切らぬよう頑張ろう。

「うーん。やっぱり、食い違いを感じる」

「……すみません。そういえば、何か御用でしょうか？」

どのあたりが食い違っているのだろうかと思ったけれど、なんとなく突き詰めれば藪蛇（やぶへび）になる気がして、私は聞くのを止めた。きっと、アレだ。また神様がどうのという話だ。

「ああ。王女の予定を伝えにきたんだ。本日は美術鑑賞とバレエ鑑賞をされるよ。時間が余れば街の散策もされるつもりだからよろしくね」

「かしこまりました。そういえば、王女の護衛は何人で行うのですか？」

昨日見た限りは、三人しかついていなかった。お忍びだから大勢連れていけないのは分かるが、王女の安全を考えると少し怖い。

「王女が隣にいてもいいと言っているのは、三人まで。他にも一応いるけれど離れた場所にいるんだ。だからとっさに動くのは俺とイーシャ、それと今日はイーゴリになる。イーゴリは、昨日女装していた彼だよ。彼は体術が得意なんだ。エリセイは本来の衛生部の仕事に戻るよ。あっちも神形討伐で人手が足りない状態だからね。それから、服は妹のを借りたという話にするから、今日は歩く時に動きの妨げにならない程度のドレスを着てくれるかな？」

すでにオリガが用意してくれているドレスはそういったタイプだった。黒色のドレスに金糸で刺繍が施されていた服は、スカートのふくらみも小さ目で、スカートの丈も脛丈だ。外で履くブーツも低めのものにしてくれている。流石はオリガだ。

帽子もボンネットで首の下でリボンを結んでいるので、よっぽど激しい動きをしなければ何処かに落とす心配もない。

「分かりました。名前は何と名乗りましょう？　男装していた時は、アレクセイと名乗っていましたが」

ミハエルも気を使って男装の時は名を呼ばないようにしてくれていたが、今日はそうもいかないだろう。

「名前はイリーナでいいよ。アレクセイのままだと、明らかに服装にあわないから。イーシャも下手に偽名を増やすより反応しやすいだろ？」

「分かりました。あと、ミハエルも仕事中の愛称呼びは止めるようお願いします」

「えっ？」

「えっ？」

ミハエルの顔が曇ったけれど、普通に考えて、愛称呼びはおかしいと思う。

「恋人でもない男性が女性を愛称で呼ぶとか気持ち悪がられる案件かと」

「……気持ち悪い」

「い、いいえ。ミハエルが気持ち悪いわけではないですから。神のごときミハエルに声をかけていただき、あまつさえ愛称で呼ばれるなど、耳から浄化するでしょう。普通ならご褒美です。気持ち悪いなんて言った人は説教ものです。ただ、ミハエルではなく、一般的な話をするとですね――」

落ち込まれると、ものすごく申し訳ない気持ちになるけれど、一般的な感覚だと気持ち悪いと思う。とりあえず、昔勤めていたところの先輩はそう言っていた。

「分かっているよ。でもせめて、略称でいい？　ほら、イーシャは俺の幼馴染（おさななじみ）という設定で行くから」

「はぁ」

幼馴染の男女が別の恋人とダブルデート。大衆小説に、禁断の愛とかそういう話がありそうだ。……人の会話にそこまで聞き耳立てている人もいないと思っておこう。ミハエルも王女も目立つ外見であることはこの際考えないようにする。これればかりはどうしようもない。

その後朝食を食べた私は、ミハエルと一緒に王宮へ参上することとなった。

王女が滞在しているのは、王宮と言っても、王様が住まわれている大宮殿ではなく、離宮の一つだ。こちらの方にお供と一緒に滞在している。晩餐などは大宮殿の方でとるが、朝は離宮の方で召し上がっているらしい。そのため今向かっているのは離宮だ。

「いつ見ても、水が上に上がる姿って凄い不思議ですね」

王宮の中庭を馬車で走ると、噴水という、上に水が飛び出す仕掛けが見えた。私の領地には絶対ない、魔法のような不思議な仕掛けだ。初めて見た時は、まさか王宮内でも神形が出るのかと勘違いしてしまった。噴水には、守り神として、神形の銅像が置かれているから余計に紛らわしい。

「イーラは、噴水を見たことがあるんだ」

「はい。以前、王宮で開かれる舞踏会に行くお嬢様について行くことがありまして。その時に」

流石に王宮の仕事はやったことがないけれど、付き添いとして入ったことがあるので、まったくの初めてというわけではない。しかしあの時は夜でしっかりと見ることができなかった。

だからこの贅(ぜい)を凝(こ)らし、最新の技術が使われた大きな城は、初めてではないけれど驚きの連続で圧倒される。

「臨時の討伐専門武官の件もあるし、一度詳しく今までやった仕事を聞いておいた方がいいかな?」

「……それほどミハエルを楽しませるような逸話(いつわ)はありませんよ?」

仕事はどのあたりまでミハエルに話していいものか分からないので、一度イザベラ様と打ち合わせしておいた方がいいかもしれない。ただイザベラ様にも言ってない話もあったような、なかったような……。少なくとも臨時の討伐専門武官は、伝えてなかった。知ったら倒れられるかもしれない。イザベラ様は私のことになると、結構心配性なのだ。

そんな話をしていると、離宮の前で馬車が止まった。現在王女が滞在されている宮殿は、人魚(マーメイド)宮殿と呼ばれている宮殿で、海岸近くに建てられている。海に近いためか宮殿前の噴水には海に出現する、美しい水の神形として名高い人魚の像が置かれていた。ここから宮殿の名がとられているそうだ。人魚は高波を作り、多く出現すれば嵐を呼ぶ。しかし転覆した船に乗っていた人を気まぐれで陸地に運ぶという伝説もある変わった神形だ。もちろん見つけたら討伐対象だし、上半身は美しい人の形をしているが、氷の神形と同じで生きものではない。

そんな離宮前には、茶髪の武官が立っていた。

「おはようございます。もうすぐ王女が出て来られる予定です」

「おはよう、イーゴリ。彼は、昨日の少年だ。今日はイリーナと名乗ってもらうからそう呼ぶように」

馬車から降り、改めてイーゴリと顔を合わせると、彼は目を見開いた。

「分かりま……えっ？　ええっ⁈」

「驚くのは分かるけれど、彼は女性だ。その認識を忘れないように」

「はい。了解です。にしても、恐ろしいな。俺も小さい頃は妖精のようだと言われていたから、やっぱり年齢なのか？　ああでも、分かった。悔しいが女装は俺の完敗だ」

「ははははは」

完敗宣言に相変わらず複雑な気分になる。これでムキムキな彼よりも似合ってないと言われたら、女としての立場がない。それにしても、よくこの体格で女装を頑張ったと思う。確かに身長は低いかもしれないけれど、明らかな人選ミスを感じる。

離宮の入口でイーゴリと一緒に待っていると、唐突に扉が大きく開かれた。それを見て私もミハエルにならって敬礼をする。

扉の向こうからは背筋がピンと伸びた気品ある女性が出てきた。王女だ。艶（つや）やかな金色の髪は一つにまとめられ、その上からつばの広い白色の帽子をかぶっているためあまり見えない。さらに服も紺に近い青い色のドレスで目立つのを避けた色合いだ。刺繍は施してあったが、石などは縫い付けられてはおらずいいところのお嬢様程度の服装となっている。それでもまとう空気が一般人とどこか違い、やはり目を奪われる。目鼻立ちがはっきりとした顔立ちのためかやはり華やかさは隠しきれず、ミハエルと同じように一般人に紛れ込めない感じだ。

『やっぱり！　私の目に狂いはなかったわ‼　まるで本物の女性のようじゃない』

そんな王女はパッと可愛らしい笑みを浮かべると私の前までやってきて嬉しそうに手を叩いた。

『貴方、お名前は？』

『えっ、あ、イリーナ……です』

昨日と変わらず異国語で話しかけられたが、何とか聞き取りはできそうだ。

『今日はイリーナなのね。分かったわ。私のことはエミリアと呼んで。今からこの散策が終わるまでは、絶対敬称はつけては駄目よ？　敬語までは許すけれど、とにかく自然体でね？』

『か、かしこまりました、エミリア。ただし分からない単語あります。発音がおかしいこともあります。ゆっくり、話して欲しいです。あの、よろしくお願いします』

焦ると異国語は慣れていないため噛みそうになる。それでも何とか伝わるようにはっきりと少し大きめの声で話すと王女はくすりと笑った。

『ゆっくりね。分かったわ。でもそれだけしゃべれれば十分よ。さあ、行きましょう？　馬車はこちらのでよろしいかしら？』

『はい』

ミハエルは、さっと王女をエスコートすると馬車に乗せた。流石ミハエル、お手本のようなエスコートだった。

「イリーナ、あー、その。手を貸してもらえるか？」

逆にイーゴリは慣れていないのだろう。私のことを男だと思っているはずなのに、オロオロしている。でも私を男だと思っているからこそ、傷つけないように考えてくれているのだろうなという気遣いも感じた。いい人そうだ。

「私は大丈夫です。美術館についたら馬車を降りる時はお願いできますか？　歩いている時は大丈夫ですが、段差の時に手を貸していただけると自然かと思います」

「なるほど」

「後は、ドアを開けたりする時は率先するみたいな、普通に女性にやるようなことをすればいいと思いますよ？」

ミハエルのさりげない行動を思い返しながら伝えると、ギョッというような顔をされた。何かおかしかっただろうか？

「も、もしや。イリーナには恋人がいるのか？」

「……いませんよ？　姉がいるので、分かるだけです」

「そ、そうか。うん。そうだよな。その若さでいるはずないよな」

私の恋人はいないない発言に喜ぶ様子を見ると、どうやらイーゴリは嫁も恋人もいない人らしい。

なるほど。そういうところを刺激する発言は慎むようにしよう。

「ちなみに、イリーナのお姉さんは、彼氏はいるのか？」

「婚約者がいますから、紹介はできません」

その言葉にイーゴリはがっくりと肩を落とす。場を和ませるための冗談だけではなく、本気も垣間見えた動きに私は悟った。……この人、本気でモテないんだと。


美術館は王が建てた離宮に、これまた王が世界各国から集めた美術品を展示している場所だ。一般公開されたのはつい最近で、それまでこれらの芸術品を鑑賞するのは王族のみの楽しみだった。

とはいえこの美術館は王の持ち物であるのだから、王に頼めば一日貸しきりぐらいできたはずだ。しかしあえて彼女は一般公開の中で、美術品を見たいらしい。

美術館は厳重に警備が敷かれていて警備員の視線だけで緊張するが、屋内は建物だけでもため息が出るぐらい美しかった。広さもさることながら、いたるところに金箔が使われキラキラしている。流石金持ちの王が作ったものだ。芸術品に関しては、たぶんすごいんだろうなとしか言えない。芸術などを楽しめるのは普通金持ちだけなので、私のような貧乏貴族にはそれを理解するだけの知識や教養が備わっていないのだ。

これがミハエルを描いた歴代の姿絵だったら、何時間でも眺めつづけられただろうが、そうではないのでいまいち楽しみ方が分からなかった。

前方を歩くミハエルの方を見れば、王女がミハエルの腕に手を回しエスコートされている。

……妙に近い気がするのは私だけだろうか。別にエスコートされているからと言って、ずっとくっ付いていなければいけないということはないはずだ。でも仕事だし、安全を考えると仕方がないのかも……。でもなんだか、もやっとする。

「……なんだか近くないかな？」

「うわっ。すまん。本気でデートの距離というのが分からないんだ。この間は、エリセイが勝手にやってくれたから考える必要もなかったし」

慌ててイーゴリが一歩分離れたことで、私は独り言をつぶやいていたことに気が付いた。

「ああ。すみません。イーゴリさんのことではないんです。ただミハエルと王女がくっつきすぎな気がして」

「それは言えるな。仕事だとはいえ、けしからん上官だ。そもそもあの上官顔がよすぎなんだよ。なんで女はああいうのがいいんだ……糞が」

すごい顔で睨みつけるイーゴリからは怨念のようなものを感じる。

「まあ、ミハエルは完璧ですからね……あっ。もう少し私の方に来てください」

一歩離れたことにより、他のお客様に当たりそうになったので私の方にイーゴリの腕を引いた。

「おおっ。すまん」

「いえいえ。イーゴリさんはこういう芸術は分かりますか？　私は、さっぱりで」

「俺もだ。ああ。そうだ。イリーナは上官と知り合いだから違和感がないかもしれないが、上官が呼び捨てで俺がさん付けは居心地が悪くてな。俺のことも呼び捨てにしてくれ」

「なら、お言葉に甘えて、そうさせていただきます、イーゴリ。ミハエルは芸術にも詳しいみたいですね。エミリアの質問にも答えられているようですし、素晴らしいです」

　芸術も嗜み、さらにはそれを異国語で説明するとか、本当に神ではないだろうか――あっ。神様扱い禁止だった。でも本当にミハエルにはできないことはないような気がする。

「できないのが普通なんだから、気にするな。というか、異国語まで操れるほど語学が堪能で、剣術も強くて、さらに芸術もとか、嫌味だぞ。もうすぐ結婚するからいいけど、これまでどれだけの男がアイツの方がカッコイイと女に比べられフラれ傷ついたことか」

　あっ。比べられたんだ。

　まあ、それは比べた人が悪い。その前に何らかのやり取りがあったのかもしれないけれど、それでも比べられていい気分になる人はいないだろう。誰かを褒めるなら、比べずその人を真っ直ぐ褒める。誰かを貶して褒めるという方法は、悪手だ。だって好きな相手の敵を作ってしまうではないか。だから私はミハエルを褒める時は、全力で【ミハエル様】を褒めるのであって――と話が脱線した。

「誰かと比べるような女性にイーゴリは勿体ないです。そもそも、そういう表現しかできない人が悪いのであって、ミハエルもイーゴリも悪くないと思います」

「……いい奴だな」

イーゴリが鼻をすするのを見て、私は苦笑いする。大袈裟だが、本当に嫌だったのだろう。私もミハエルが王女と私を比べるようなことを話したらすごくショックだと思う。

「絶対いい人いますよ。っちょと、失礼します」

私はそろりとイーゴリのポケットに伸ばされていた手を叩きおとす。ペシッと突然叩かれた人は驚いた顔をして手を引っ込めた。

「止めた方がいいと思いますよ？　ここは王の持ち物ですから、制服を着ていない武官も結構客に紛れていると聞きますし」

私の言葉に老人のような恰好をした男は慌てて逃げていった。杖を持っているのにつき忘れている。

「えっ。何だあれ？」

「老人の恰好をしたスリです。あの逃げ足の速さと手の肉付きの感じから見ても、若い人なんでしょうね。王都では多いと聞きますよ？」

王都で仕事をした時、色々同僚や商人からそういうスリがいるから気を付けなさいと教えてもらった。実家の領地は、皆平等にお金がないのでこの手の悪人はまずいない。とるものがなければ成立しない犯罪だ。

つまり王都はそれだけ裕福だという証でもある。

「イリーナ……カッコよすぎだろ」

「えへへ。そうですかね？　そう言っていただけると嬉しいですけど。私にはイーゴリのようなたくましさがないので」

イーゴリの言葉には嘘が感じられないので、心底そう思ってもらえてそうで嬉しい。男が女装する演技なんて、一体どうやればいいんだとちょっと悩んでいたのだ。ただ女に戻るというのとはちょっと違うと思う。だから女にしてはカッコイイ行動ができるよう心掛けていたわけだが、上手くいったようだ。

「成長期がきたらデカくなるさ。俺だって昔はお前みたいに小さかったんだからな」

イーゴリには女であることを疑われてはいないようだ。そのことをミハエルにアイコンタクトで教えたいなと思ったが、彼の視線はずっと王女の方を向いていた。……当たり前だ。彼女は護衛対象であり、【王女様】なのだ。

私だって、ミハエルの足を引っ張りたくはない。むしろ役立ちたい。だから仕事にもっと集中しなければいけない。そう分かっているけれど、二人の距離が気になる。

腕を絡ませ、王女がミハエルの耳元で何かしゃべっているのを見て再びもやりとする。もしかして王女はミハエルが好きなのだろうか。そう考え始めると、理解できすぎて辛い。ミハエルと四六時中一緒にいて、好きにならない人がいるはずがない。

「なあ。イリーナとミハエルはどういう関係なんだ？」

　イーゴリの質問に、私はどきりとした。

「か、関係？」

「さっきから、ずっとミハエルを見ているよな」

「あー……」

　疑問に思われるほど見ていたなんて、私は馬鹿だろうか。

　婚約者だなんて絶対言えないし、そもそも今の私は男だ。ならば、何とかして誤魔化さなければいけない。

「幼い頃から私はミハエルにあこがれていたんです。昔の私は内気で暗い性格でしたが、ミハエルみたいになりたいと思って努力しました」

「それで異国語もしゃべれて、武術もできるのか」

「まあ、そんな感じです」

　努力もせず嘆くのではなく、まずは自分から変わろうと思ったきっかけをくれたのがミハエルだ。異国語や武術技能の習得はその延長線である。ミハエルができるからというわけではないが、似たようなものだろう。

「うう。小さいのに、頑張っているんだな。憧れの兄ちゃんが、美女にデレデレしている姿なんか見たくはないわな。うんうん」

一応イーゴリを誤魔化せたようだ。幼子がされるように、彼にぽんぽんと頭を撫でられ、私は苦笑いした。もしかしなくても、私はかなり年下に見られているようだ。

「イリーナが女装までして頑張っているのになあ」

「頑張っているといっても、ドレス着ているだけですよ？　あと、あまり頭は触らないでください。帽子をかぶっているのである程度は誤魔化せますが、髪を自分で編み込みするのって結構大変なんです」

「そ、そうか。すまん」

イーゴリは弾かれるように手を元の位置に戻した。イーゴリはかつらをかぶっていたようなので、女性の髪のセットの面倒さを知らないのだろう。

「面倒なだけで直そうと思えば直せるので、そんなに身構えなくても大丈夫ですから。あ、姉のを手伝ったりしていたので、得意なんです」

「お前って、本当にミハエル並みに器用なんだな。そういえば、スカートの裾を踏んでつんのめっているのも見たことないし」

「は？」

ミハエルと同じぐらいなんてあり得ないので、そこを伝えようと思ったが、その後に続いた裾を踏むという言葉に、私は固まった。踏んだの？

「そういえばドレスが全然汚れてないし、ほつれてもないな」

「えっ。まさか。ドレス汚したんですか？　シミとか中々消せないし、大丈夫だったんですか？」

ドレスの下に着る肌着ならしっかり洗えるけれど、ドレスは洗うにはあまり適さない。それなのに、汚したって。もしも使用人をやっていたら悲鳴ものだ。

「いや。貸衣装を使ったんだが、結局一着は買い取りになった。あれは本当に最悪だった。というか、どうしてイリーナの服は汚れていないんだ？　泥とかはねるだろ？」

「こういったドレスは高価なので、そんな泥はねする場所はそもそも歩きませんし、できるだけ床につけないように――。あの、まさかと思いますが、裾踏んで転んだとか？」

先ほど、裾を踏んでつんのめらないのを指摘されたことを思い出したずねれば、イーゴリは目をそらした。

「……転んだ。仕方がないだろ？　お前のより長かったんだから。ヒールは高いのに挑戦したが、走れず断念した」

なるほど。踝丈のものをはいていたのか。それは動きにくかっただろう。

「引きずるような長いものは正式な場だけでいいんですよ。普通に周りの光景を思い出してください。長いスカートをはくような方は馬車で移動して、舗装されていない場所なんて歩きません。ピクニックなどで屋外を歩くとしても、雪解けで地面がドロドロな春は絶対やりません」

「言われてみると、確かに。借りる時にそこまで考えていなかったんだ。サイズがあったものを探すだけでも大変だったからな」

確かにイーゴリの背丈だと、女性では高い方だ。貸衣装となれば、探すのにも苦労しただろう。

「それはお疲れ様です」

「それにしても、イリーナは色々詳しいな」

「そうですかね？　姉の買い物とかに付き合ったりするからかもしれません」

あまりにドレスが勿体なくて、少しドレスについて語りすぎたと思ったけれど、イーゴリは【姉】という魔法の呪文のおかげで不審には思わなかったようだ。

そのことにほっとしつつも、会話には十分気を付けようと思う。今は女ではなく、男が女装をしている演技なのだ。女性としての情報が多くても不自然だ。

「ほんとうに凄いし、偉いよな。よし。ミハエルが褒めなくても俺が沢山褒めてやる」

「いや。だから、頭撫でるのは止めてくださいって」

これだと恋人や婚約者ではなく、兄妹のようだけれど、逆にその方がやりやすいかもしれない。そんなことを思いながら、私は髪をぐちゃぐちゃにされないように頭を死守した。

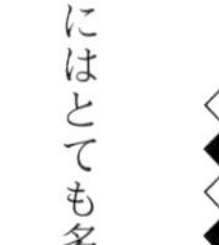

『ここにはとても多くの国の絵画を集められているのね。特にこの聖母の絵はとても美しいわ』

俺は王女のペースに合わせながら、美術館を案内していた。王子に連れられて何度か見たことのある絵画は美しくはあるが、新鮮味はない。もしも俺の隣にいるのがイーシャだったら、それだけで新鮮味がなくても楽しかっただろう。でも仕事なので我慢をしたくないけれど、する。イーシャは仕事のできる俺が好きなはずだ。

だから完璧な外の顔を演じる。

『はい。こちらの宗教画は古いものですが、今でもなお、発色がとても美しい作品です。彼が天才だと言われていたのが分かります。彼が生きた時代から遠近法と呼ばれる手法も加わり、絵画が大きく変わりました』

俺は学芸員ではないんだけどなぁと思いつつも、王のコレクションの数々を説明していく。あまり大きな声で異国語をしゃべれば周りからの注目が増えてしまうと思い、あえて近くでエスコートをしているのだけれど、この様子がイーシャの目にどう映っているか、気になる。

……お似合いだなんて思われていたらへこむ。

『こんなに沢山の絵画を集めて、見せびらかすなんてこの国の王様は富を見せびらかしたいのかしら？』

『いいえ。力を見せつけるという意味ももちろんありますが、王は自国の芸術を育てたいとお思いなのです。芸術を育てるには、ただお金をかければいいというわけではなく、芸術を理解できる土台を作らなければいけませんので』

王は西の国から絵画を購入するだけではなく、バレエやオペラの指導者も西の国から呼び寄せ、王都を近代化させていた。

それにより王都には多くの投資がなされ、かつてないほどに栄えているが、反対にイーシャの領地のような貧しい地域を作り出しているのが現状だ。発展した王都は人が集まりすぎたために格差が生じ、スラム街のような場所もできている。しかし西の国と付き合っていくには、この国も変わらねばならないのも分かるので難しい采配だ。

しかし俺の説明を王女はふーんといった様子で聞き流す。……一体どういう話をすればこの王女はお気に召すのか。

俺達から少し離れた場所を歩くイーシャを見れば、彼女はイーゴリと何やら会話している様子だった。イーゴリは芸術には疎いタイプだから、絵画についてろくに説明はできていないだろう。できるなら、俺が説明してやりたい。……いや、イーシャの場合は実は知っているという線もなきにしもあらずだ。彼女が何を知っていて、どんな技能を持っているのかは、俺でもまだ把握しきれていない。今日だって朝からナイフ投げの練習をしていた。あの技能は俺の実家で使用人をしていた時は持っていなかったはずだ。彼女の情報は日夜更新している。

でも絵画について知っているなら知っているで、一緒に語り合えばいいな、うん。折角こんなに近くにいるのだからおしゃべりしたい。それにしてもイリーナのあの服は、似あいすぎて可愛すぎやしないだろうか――。

『あの子、本当に女の子みたいで可愛いし、気になるのはよく分かるわ』

脳内ではイーシャ可愛すぎるコールが鳴り響いていたが、顔には出さないようにしていた。それなのに図星を指されたわけだが、俺だって伊達に人外魔境な王宮に小さい頃から出入りしていたわけではない。俺はニコリと笑った。

『ええ。イーラはとても素晴らしい子です。護衛の能力も高いのですが、年下なので、心配なんです』

『あんなに可愛いと隣の彼、あの子のことを好きになっちゃうんじゃないかしら？』

『そんなはずありません。彼は男ですから』

なんて恐ろしいことを言うんだ。確かに俺も今日のイーシャは飾り気の少ない黒いドレスで、首元にあるリボンも同色の黒で地味なはずなのに上品さが上回り、可愛すぎると思った。でもイーゴリは異性愛者で、さらにイーシャを男だと思い込んでいる。絶対大丈夫なはずだ。

『うふふ。そんな怖い声を出さないでよ。周りに彼女の秘密が聞こえてしまったら困るわ』

俺もつい言ってしまったが、イーシャが男なのは内緒だから、いくら異国語だとしても、こういう発言は慎むべきだ。……実際は男装をしている女性の女装というややこしすぎる状況だけれど。

そもそもイーシャはとても身持ちが固いし、俺の好意を幾度となくスルーした上で斜め上解釈をして、俺を泣かせてきた子だ。たとえイーゴリが、イーシャの可愛さにころっときてしまったとしても、肝心のイーシャには伝わらないはず。そしてイーシャが好きなのは俺だということだけは自信があるので、大丈夫。たとえ神様枠だとしても……うん。大丈夫、大丈夫。

俺はもう一度後ろを歩くイーシャとイーゴリを見た。

すると、先ほどまでは手を繋ぐことなく離れて歩いていたはずなのに、イーゴリがイーシャの頭を撫でていた。イーシャはその行為に対して迷惑そうにしながらも楽しそうで――。

「チェンジ!!」

俺が慌てて叫ぶと、何事かとイーシャ達が驚いた顔をする。

そうだよな。突然こんなことを言い出したら驚くよな。でももう我慢できない。何で頭撫でているんだ。ちくしょう。その場所、替われ。

「どうされましたか?」

「いや。少し思ったんだけどね。その。いつも同じ組み合わせというのもよくないかなと思ったんだよ。俺は婚約者がいるだろう? 特定の女性と毎日歩いているという噂が立つとね……

その、困るなと――」

　とっさに考えた言い訳を話した後に、王女にも通訳すると、王女は手をパンと叩きニコリと笑った。

『なら、私がイリーナにエスコートしてもらえばいいわね』

『――はっ?!』

　これ以上イーシャが俺以外の男といるのを見ていられないため、何とか組み合わせを替えようと言い訳をしていると、王女からまさかの組み合わせが提案された。

『しかし、女同士でエスコートは……彼女に男装させますか？』

　もしもそうなるなら、どこかで着替えをする必要が出てくると話すと、王女はニコリと笑った。

『大丈夫よ。街の中を見ていたけれど、この国でもお友達同士で一緒に歩くって普通のことでしょう？　それにそっちの彼は、私の言葉が分からないじゃない？　だったら、組み合わせを替えるなら、イリーナと私がいいと思うの。私も折角だからイリーナと話してみたいわ』

『……かしこまりました』

　王女がそう言ってしまえば、俺はそれに従うしかない。そもそも言い出しっぺは俺だ。

　王女がイリーナと歩き出した後ろを、俺はイーゴリと一緒に歩く。……なんだか前の二人、楽しそうだな。

「何で俺、上官とデートさせられているんだろ」

「同感だよ」

イーゴリの目が死んだ魚のようになっているのを見て、たぶん俺も同じような目になっているんだろうなと思う。神は無慈悲だ。

ああっ。イーシャとデートしたい!!

ミハエルの提案で私は王女の隣を歩くことになったが、何か粗相をしてしまわないかと、気が気でなかった。

でもミハエルに悪い噂が立つのはよくない。それは由々（ゆゆ）しき問題だ。それならば、私がもっと神経を使って護衛任務にあたった方がいい。

『そんなに緊張しなくていいわよ？』

『すみません。エミリア美しい。だから緊張する、です』

『ありがとう。でも貴方もとても可愛らしいわよ？』

女の私としてはお世辞をありがとうございますというところだが、男の私としては可愛いと言われても嬉しくないと考えるところだろう。でも相手は王女だしということで、私は曖昧（あいまい）に笑うだけでとどめておく。

『それと私、芸術、分からないです。素人です。絵の説明？　あー、解説？　は、無理です』

そもそも芸術が分からないのに、絵や花瓶などの専門用語なんて分かるはずもない。聞き取りですら怪しい。

『構わないわよ？　だって、お友達に芸術を解いてもらう人なんて、あんまりいないと思うわ。もしも詳しく知りたいなら、それ専門の人を呼ぶべきよ。そんなことをお友達に求めるなら学芸員として雇ってお金を渡すべきね』

きっぱりと言う王女に私は苦笑いする。確かにその通りだ。お友達だからこそ、なんでもやってと言う関係はおかしい。今はお友達という演技なら、そういうことは気にするべきではないだろう。

『そう言っていただけてよかった、です』

『そうそう。貴方は護衛だけど、今はお友達よ？　お友達なら、気楽にしてくれればいいわ。芸術だって、これ綺麗ねとか、これは恐ろしいわとかそういう見たままの感想でいいのよ。描いた人だって、そう思っているに違いないわ。遠近法を使っているとか、染色に宝石を使っているとか、そんなのを見て欲しいわけじゃないと思うの』

『分かりました』

ところどころ分からない単語も交ざったが、とにかく普通に感想を言えということだろう。

そう言っていただけるのはありがたい。

『この作品を見て、貴方はどう感じたかしら？』

王女が示した絵には炎の神と題名が書かれ、鳥の形をした火の神形が描かれていた。赤やオレンジ、黄色を使って書かれた神形は美しく、対比するかのように周りの紺や黒で描かれた部分は燃やされて灰になったものを表しているようで恐ろしさを感じる。

『えっと。この作品に描かれた神形は、とても美しいです。でも残酷に見えます』

美しく、残酷。まさに自然そのものだ。

きっとこの作者は炎の神形に対して、そう感じたのだろう。もっとも炎の神形が出現している場所で絵など描いていられないので、作者の空想で描かれた可能性もある。

『そうそう。絵を見た時の感想はそういうのでいいのよ。この絵を描いた作者は実際には炎の神形は見たことがなかったそうよ。でも故郷を戦争で焼かれて失っているの。きっとその時見た炎からこの絵を作り出したのでしょうね。でもそれをこの絵から誰かに読み取って欲しいとは思っていない。彼はただ自分の悲しみを芸術に落としただけ』

王女は笑いながら足を進めていく。どうやら彼女はここにある絵画を知っていて、私よりずっと詳しそうだ。なので、私は彼女の話に耳を傾け、時折求められるままに感じたままの感想を伝えるだけでよかった。

感想と言っても知っている単語だけで伝えるので、とても拙(つたな)いものだったが、王女が気にした様子はなかった。

　しばらくすると三段ほどの段差があり、私は少し足早に階段を降りると王女に手を差し出す。

『お手を』

『……ええ。ありがとう』

　王女は高めのヒールを履き、裾の長いドレスを身にまとっているから足元が見えずより歩きにくいはずだ。女同士だからエスコートはおかしいかもしれないが、相手の方が身分の高いお友達なら、これぐらいはセーフの範囲だろう。

『可愛らしい顔をしていると思ったけれど、貴方本物の女ね？』

　段差を降り少し歩いたところで突然王女にズバリ当てられ、私はビクリと肩を揺らす。

　えっ。今、私、何かやらかしただろうか？　もしかして手の指が細いからそう見えた？　でも剣ダコで一部皮が厚くなっていたりしているし、手荒れもあるので、そんなに女性らしい手ではないはずだ。

『……僕はまだ成長期が来ていないので華奢ですが男です』

　実際私の弟は成長期が来る前は本当に女の子のように可愛かった。手を握った程度では判別できなかったと思う。最近はようやく成長期に入りどんどん大きくなっているが、成長期が来るタイミングは人それぞれ違う。まだ誤魔化せるはずだ。

『ならイリーナは、普段からスカートをはきなれた男の子ということかしら？　それはそれで、問題だと思うけれど?』

『えっ?』

『初めに馬車に乗り込んだ時から不思議だったのよね。スカートの後ろの部分を前に持ってくることで、しわになりにくいようにして座っていたから。足を閉じるぐらいは、まあ演技していると思えばありだとは思うけど。あ、ちなみに、後ろの彼が女装した時は足を開いていたわ』

それは演技としては最悪だ。口調だけ変えれば女性に見えるというものではない。スカートのしわうんぬんではない話だ。

振り向けば、先ほどよりも近い位置にミハエルとイーゴリが立っていた。思っていたよりも近くて私はビクッとしてしまった。二人共私より背が高いので、何だか背後に壁がある感じだ。

……まあ女性二人だけで歩いていると変な輩に絡まれかねない。だから二人が近くにいるのはありがたいけれど……なんだか護衛感が出すぎな気がする。ミハエルからかつてないほどのピリピリとした空気を感じる。

……あ、あれか。私が女性とバレそうになっているからか。

『それから今段差を降りる時、とっさにスカートの裾を上げてまとめるようにして持ったでしょ?　あれ、慣れていないと引きずって雑巾にするのよね』

ちらっと王女がイーゴリを見た。あー、なるほど。ドレス一枚駄目にするぐらいだし、雑巾にしていたとかあり得る。……クビになったのは、見た目だけではなく色々な部分も総合してだったのかもしれない。

『もしもそれでも私の勘違いだというなら、今から化粧直しに行きましょう？　そこで全身確認させてもらうわ』

『……すみません。私は女です』

　このまま嘘をつき続けても服を脱がされれば流石に分かってしまう。下手に隠せば信用問題に関わるだろう。そのため、私は早々に諦（あきら）めて白状した。

『へぇ。ねえ、ミハエルとはどういう関係なの？』

　先に勘違いされたのは王女だが、私もちゃんと訂正しなかったので、怒られる覚悟はしていた。しかし王女はわくわくとした表情で、笑顔を向けてきた。

『私はミハエルの婚約者です』

　私は小さな声で答えた。ああ。きっとミハエルは呆れているに違いない。まさかこんなにも早く気が付かれるなんて思わなかった。情けない。

『そうなのね。なるほど、なるほど。でもなんで男の恰好で討伐をしていたの？』

『えっと。ミハエルに内緒で仕事したくて、男装しました。ただ、あの仕事は、女性もできる、です』

　性別を偽って、男しかなれない武官の仕事をしたならば大問題だが、どちらでも構わない仕事ならばばれたところで謝ればいいだけだ。女だと気が付かれても親兄弟に内緒なのだと話せば、とりあえず分かってもらえると踏んでいた。

『まあ、素敵。男装の麗人なんて、まるで小説のようだわ』

『ごめんなさい。…その、ミハエルも私が婚約者だったから、言えなかった。悪いのは私です』

『いいわよ。勘違いしたのは私だし、許すわ。それにミハエルの婚約者なら、身元も安心だもの』

王女が寛大な心で許してくれたので、ほっと息を吐く。もしも国際問題になってしまったら、私一人ではどうにもならない。ミハエルに迷惑とか言っている場合ではなくなってしまう。

『それにしても、婚約者が女性とべたべたしていたら嫌な気分になったでしょう？　知らなかったとはいえ、ごめんなさいね』

『い、いえ。大丈夫です』

『でも安心して。ミハエルのことは顔だけしか気に入っていないから。横恋慕する気はないわ』

顔だけ？

王女の発言は悪意がない、けれども許しがたい言葉だ。それに対して私はピシリと固まる。

……彼女は一体、何を見ていたのだろう。その目は節穴だろうか？

『今は友達。なので私がしゃべるの、許してください』

『え？　ええ。いいけれど？』

『確かにミハエルの顔はとても美しい。神のような完璧な美貌。それにつややかな銀色の髪。青空のような美しい瞳。これを好きにならずにいられない。分かります。ですが彼は、知性に気品、才覚、心やさしい人柄。えっと、少年の心を忘れない可愛さ、ロマンチックなところなど他にもいいところがある、です。顔だけ男ではないです』

鼻息荒く、私はミハエルの素晴らしさを異国語の知っている単語を駆使して語った。もっと言いたいことはあるが、言いすぎればいいものではないので我慢する。

しかし言ってしまった後に、徐々に頭の中が冷静になっていき、血の気が引く。……今、私、かなり失礼極まりない態度を取ったのでは？　事前に発言を許して欲しいとは言ったけれど、王女に対してこの布教活動はない。非公式な場ではあるけれど、場合によってはミハエルの顔に泥を塗ってしまう。

私の失態はミハエルの失態。あああ。ミハエル教を信仰し続けているのをこんなに後悔したことはなかった。彼がピリピリするのもよく分かる。

『まあああっ!!　イリーナはとてもミハエルが好きなのね。一途（いちず）な恋愛、素敵よ』

やってしまったと焦（あせ）っていた私だったが、王女はふふふふっと笑いながら、幸せそうに頬をピンクに染めるだけだった。不敬罪としてしょっ引かれなくてよかったと思うが、この反応は反応で戸惑う。

『でもそれほど愛されているなら、なおさらミハエルは女性関係に気を使うべきね。イリーナも仕事だとしても殿方の隙は許すべきではないと思うわ』

『その。私はミハエルを独占できないです』

『どうして？　婚約しているのでしょう？』

心底不思議そうな顔をされ、私は視線を落とした。

『彼は私には勿体ない人です』

確かに婚約はしている。世間一般の認識からしたら、もっと独占欲を出していいのかもしれない。でも……ミハエルと私では何もかもが釣り合っていないのだ。それなのに、彼を独占するという間違った状況に罪悪感を持ってしまう。もしもミハエルがほかの女性を好きになったら、私はそれを認めるしかない。

『うーん。イリーナは自分に自信がないのね。そう。なら、殿方の意見を聞いてみましょう？』

『へ？』

『お二方に聞きたいことがあるのだけど。ミハエル通訳してくださる？』

『何でしょうか？』

王女のお願いを受けたミハエルはとても渋い顔をしていた。怒っているのともちょっと違う気がする。

『男の浮気って、どう思います？』

「絶対しない！」

ミハエルは即答だった。浮気がどうのこうのではなく、「しない」。……もしかしなくても私達の会話を聞いていたのだろう。

あの渋い顔は、色々物申したいのを我慢している顔か。眉間にしわを寄せた顔も素敵だなと思ってしまう私も大概だ。

『……ごほん。失礼しました。浮気はよくないと思います』

『分かりやすい回答、ありがとう。彼にも聞いてくださらない？』

王女の言葉に、ミハエルは小さくため息をつくと、イーゴリに通訳する。

「はあ？　浮気できるほどモテるとかうらやま……いえ。ごほん。でも、女癖が悪い奴って、男の中でもだらしない印象です。はっきり言って、地獄に落ちろ、最低野郎ですかね」

イーゴリの言葉を少しだけ柔らかくしてミハエルは王女に通訳していたが、私はしっかりとその言葉を受け止めた。

えっ……地獄に落ちろ？　最低野郎？　ミハエルがそんな風に思われるの？

かなり強烈な貶し言葉に呆然とする。いや、浮気をしたわけではないので、今のミハエルは地獄行きではない。でも将来もしも浮気をして沢山の愛人を作ったら、周りからだらしない人と思われるなんて考えてもみなかった。

でも言われてみると、女性からしても浮気した男に対していい印象はない。むしろバーリン公爵夫妻のようにいつまでも仲がよく、妻を大切にしている男性の方が印象もいい。

なんてものをミハエルに勧めてしまったのだろう。ミハエルの印象が少しでも悪くなるなんて絶対駄目だ。断固拒否だ。

「……浮気、駄目絶対」

突如訪れた天啓に、私はカッと目を見開いた。

もう私とミハエルが結婚するのは覆せない段階だ。むしろ今ミハエルが私との婚約を破棄すれば、やっぱり彼の経歴に泥を塗り、よくない噂が付きまとうだろう。

だとしたら、もうこれは、私が浮気されないぐらいいい女になるしかない。ミハエルが死ぬまで私がいいと言い続けてくれるぐらいにだ。幸いにも今のところ彼は私を……あ、愛してくれているみたいだし。色物枠な可能性は高いけれど……でも、好意は好意だ。

いい女になる方法はまだ思い浮かばないけれど、ミハエルが地獄に落ちろなどと後ろ指を指されないよう、私は自分磨きをしようと心に決めた。

五章：出稼ぎ令嬢の本業

馬車に揺られ私達は再びローザヴィ劇場へと訪れた。相変わらず人が大勢いて、にぎわっている。

しかし今回もまた事前にチケットが取ってあったため、私達は荷物を預けて貴族席に移動するだけでよかった。階段は歩きにくいので、その間のみエスコートをミハエルにお願いして登る。

正直さっきの話もあり気まずかったけれど、ミハエルはいつも通りエスコートしてくれた。王女の方をしなくてもいいのかと思ったが、王女がイーゴリに命令をしてしまったのでほんの短い時間だけれどどこの組み合わせだ。イーゴリは王女の美しさに赤くなるかと思えば、青くなって怯えていた。さっきまで王女の隣にいた人間なので、その反応はとても共感できる。慣れない女性のエスコートが失敗の許されない相手とか、円形脱毛ができてもおかしくない案件だ。

頑張れ、イーゴリ。

「あの、ミハエル……えっと」

「今日のイリーナはいつも以上に可愛いね。オリガは君の美しさをよく分かっている」

先ほどの粗相を謝るべきかと戸惑っていると、ミハエルは茶目っ気交じりでウインクしてきた。か、カッコイイ。

「み、ミハエルは、いつもカッコイイです」

何だかいつも以上にドキドキして、頭から蒸気が上がっているのではないかと思う。エスコートされるのは初めてではないのに。

妙に意識しすぎて、息が止まりそうだ。

「一緒にバレエ鑑賞をするなんて、まるでデートのようだね。……イリーナ？」

「はっ。今、一瞬、死んだ祖父が川の向こうで手を振っていた気が」

「それは渡ってはいけないものじゃないかな？　これから先、何度もデートをするから、死なないでね」

「き、気を付けます」

ミハエルとデートできたなんて死んでもいいと思えるけれど、本当に死んだら、この先ミハエルは婚約者殺しの名がついてしまいそうだ。

「絶対だよ？」

「っ?!」

チュッと私の指先にミハエルがキスをした。

その瞬間、私の血は間違いなく沸騰したと思う。

『イリーナ。女同士で並んで座ってみましょう？』

「ひゃい」

階段を登りきると、再び王女に手を取られる。い、今のキス見られた？　いや、別に手にキスするぐらいなら、恥ずかしがるほどのことでもない。分かっているけれど、なんだか妙に恥ずかしくて、奇妙な声になってしまった。

するとどこからか小さな舌打ちが聞こえた。しかし一番近くにいたミハエルはすました顔をしていたので、誰か別の人が舌打ちしたのかもしれない。

首をかしげていると、王女が手を引っ張った。

『イリーナ』

『あ、はい。かしこまりました』

貴族席の前列に王女と横並びで座ると、その後ろの座席にミハエルとイーゴリが座った。

「イリーナ。はい」

「ありがとうございます」

ミハエルがオペラグラスを手渡してくれたので、ありがたく受け取り、王女にも渡す。

『この間見たのは、色男が妖精に惑わされて恋人も自分も不幸にする話で残念だったから、今日の公演は楽しみだわ』

色男が妖精に惑わされた話というのはこの間、私も見た話だろう。たぶんそんな話だった。

若干集中しきれていなかったので、あれだけど。

『あの話は嫌いですか？』

絵画と同じで、バレエなども私には分からない世界だ。幼い頃にミハエルの踊りを見た時は感動したけれど、だからといってその後あえて見に行くには貧乏すぎた。そのためこういう方面には疎く、よし悪しが分からない。

素人目には、素晴らしいバレエだったと思うけれど……。

『もちろんバレリーナ達の踊りは、素晴らしいと思ったわよ？　心情も音楽に合わせてよく伝わったし。でも好みの問題だけれど、内容はあんまりね。悲恋がと言うよりも、男がフラフラと妖精に騙されて不幸になるのは自業自得だけど、恋人まで不幸になるのは酷いと思わない？女は男のアクセサリーではないのよ？』

前回の内容は確か、男が妖精を追いかけている間に時間は流れ、男が恋人を思い出して戻った時にはすでに恋人は死んでいたという話だった……はず。ところどころ自信がないけれど、大まかには合っていると思う。

でもちゃんと見ていなかったからだろうか。私には恋人が不幸になった話という感じはしていない。

『あの。恋人は本当に不幸になったのでしょうか？』

あの話は恋人の視点はなく、青年の視点で紡がれた話だったので、そうとも言いきれない気がするのだ。悲恋であることは間違いないだろうけれど、王女が毛嫌いするほど悪い話だという印象もない。

『どういうことかしら？』

『えっと。以前、職場の先パ――知り合いに、男の生態を語られた、です。男性は別れた後も、元恋人はいつまでも自分のことが好きだと思っていることが多い。でも女は一つの恋が終わったら、前は前と切り替えると』

『確かにそうね』

王女には同意されたが、これは私自身の考え方というより、以前働いていた職場の先輩の愚痴に付き合った時に聞いた話だ。その先輩は、勝手に振ったくせに、偶然街中で会った時に馴れ馴れしくされたとぷんすか怒っていた。

たぶんその先輩と王女はとても近い考え方な気がする。だとしたら男に媚びない系の女性好みな解釈をしてもいいと思う。芸術に答えなどないはずだ。

絵画だって、王女は素直にどう見えたかが大事みたいなことを言っていたし。

『女は恋人がいなくなって、悲しかった。でも死ぬまでは悲しまない。勝手にいなくなった男を、いつまでも待ち続けることはできないです』

一時的には悲しいだろう。でも彼女には長い人生が待っているのだ。

身勝手な相手に愛想をつかすなんて普通にあり得る。

『だからずっと待っていた恋人が墓の中にいると思っているのは主人公だけ。女は別の男と結婚し子供を産んでいたかもです』

　男は墓しか見ていない。

　彼女にその後の人生があったと考えもしなかったのか、調べもせず自分の不幸に酔っていた。

　妖精にうつつを抜かした男に置いてきぼりにされた女性が次の恋を選んだことで、悪女だと思うなら、それこそ恋人をアクセサリーだと思っているとしか言えない。女性は宝石ではないのだから、彼女は生きるために働くか、結婚するか、何かしなければいけない。ずっと一人の男を待ち続けているなんて男の理想にすぎない。

『なるほど。そう思うと面白いわね。表面の美しさしか追わないから彼は時から置いてきぼりにされてしまうのね。恋人の中身もすべて愛していたなら、妖精に惑わされることなんてなかっただろうし』

　ただ、これを私に置き換えたら……私はどういう反応をするだろう。

　ミハエルがそれこそ王女に恋をし一緒に逃避行されてしまったら……私は次の恋に移れるだろうか。

「私は……無理だな」

　ミハエル以上に好きな人など現れない気がする。でも男の理想のように嘆き悲しみ、ずっと待ち続けるのも無理だ。そもそも今の私では、やっぱりミハエルが帰ってきてくれる自信など持てない。というか　自分のところに最後は帰ってくると待っていられる女性は強いと思う。

私なら――。

「死ぬ気で追いかけるかな？」

たとえ恋人になれなくても、私はミハエルを幸せにしたい。たぶん、私の原点はそれだ。ミハエルを神様扱いしているとかそういう話ではなく、私の愛はそういう形をしているのだ。彼がどうしても妖精を必要とするならば、私も仲良くなる努力をする。

『イリーナ？』

『あっ。すみません。そういえば、今日の公演内容は知っているですか？』

不思議そうな顔で王女に見られ、私は慌てて頭を切り替える。まさか自分を主人公に見立てて妄想していたなんて恥ずかしすぎて言えない。

確かパンフレットが売られているので、事前に知ることもできたはずだ。もしくは、何度か見たことがある可能性もある。主演のバレエダンサーが違えば、それはもう違うものだと、何度も見る人もいると聞く。

逆にお気に入りのバレエダンサーが出演する舞台ならどんな話でも数回見るという人もいるらしい。私としては後者の気持ちの方が分かる。ミハエルがバレエダンサーだったら、【今日のミハエル】を見るために、たとえ同じ公演でも毎日通おうとしたに違いない。私の懐事情的に、ミハエルがそういう職種でなくてよかったと心底思う。

『ええ。知っているわ。今日の話はいいわよ。男が主人公の少女を守るために戦うのだけれど、少女も男を助けるために戦うの』

『女が戦うですか？』

『まあ、それがメインの話ではないんだけどね。でも女性は守られるものという考え方を覆（くつがえ）す、素敵な物語だと思うの。女だからって、なんで王子を待っていなければいけないのかしら？』

古今東西、確かに女性が王子に助けられるのを待っていたり、王子に見初（みそ）められて幸せになる物語は多い。基本少女がそういう物語が好きというのもあるだろう。でも前提としてその物語を書く人が、女性はこうあるべきという考えを持っているからだ。男性はとにかく女性を守りたがる。

『私はイリーナのように、好きな人を助けるために動けるのは素晴らしいことだと思うわ。……まあ、男性がそれを認められるかはその男の度量にかかっているのだけど』

ミハエルは……間違いなく反対だろう。ただし私が危険なことをするのを嫌うのは、度量が小さいというわけではなく貴族としては常識的だ。世の中、貴族女性を守るための護衛職もある。そしてミハエルはそんな護衛を雇えるだけのお金を持つ家で生まれ育った。実際妹達も母も守られている。だったら婚約者にもその常識を当てはめるのは当たり前。

今回私が護衛をするのは、断れない状況になってしまったための特例だ。臨時の討伐専門武官をやっていたこともかなり怒っていた。私は私なりに自分のできる範囲を把握しているのでとても楽しかったけれど、ミハエルにとっては心配で仕方がなかったに違いない。それこそ恋人は宝石のように箱にしまっておきたいタイプなのだろう。そしてミハエルはそれをするだけの財力がある。

彼に浮気をさせないためには、彼の望むような貴族らしいか弱い女性になることかもしれない。でもそれはとても息苦しそうだ。いい女というのは、どういうものなのだろう。やはり彼が望む女性というものだろうか。……難しい。

『私は……守られるだけは苦手です』

となればやっぱり結婚は無理なのではと思えてくるが、どうしたものか。できるなら私はミハエルを守りたい。精神面はもちろんだけれど、物理的にもだ。守られる立場にいることが男の自尊心を守ることだとしても。

そんな話をしていると、演目が開演した。

王女が説明してくれた通り、この演目は女性が戦うというのがメインストーリーではないようだ。どちらかというと、神形に襲われた少女を大好きなおもちゃ達が助けようとするが負けそうになってしまい、とっさに少女が箒を持ってきて神形を倒すという場面があったという方が正しい。剣ではなく箒で戦うというところにコメディー感をだし、その後兵隊の形をした人形は恰好いい男に、少女は逆にお菓子の妖精のふりをして不思議な夢の世界へ向かっていった。悲恋などはまったくなく、どちらかというと、主人公が少女であるように、淡い恋を描く可愛らしい物語だ。

　ここまでが第一幕で、一度休憩となった。

『可愛らしいお話だったでしょう？』

『はい』

　個人的には神形役が、着ぐるみを着てキレッキレの踊りを踊った部分に度肝を抜かれたけれど。視界もよくない上に衣裳の重みで動きも制限されるだろうに、よくあんな動きができるなと感動した。あの動き、人間を超えている。

　でも王女は私とは見るところが違ったらしい。確かに物語だけを追えば可愛らしい話だった。

『もう少し恋愛色が強い話の方が人気も出そうな気がするけれど、これはこれで新鮮な物語だと思うわ。そもそも主人公が少女なのだから、あまりドロドロとした色恋話もねと思うし』

　確かに。主人公の年齢が幼く設定されているので、そういう部分は薄めだ。私は悪い話だとは思わないけれど、情熱的な恋の駆け引きの話が好きな人にとっては物足りなく感じるのかもしれない。

『でも守られるだけじゃない話、私は好きよ。貴方達は今の話をどう思った？』

　王女は私の後ろに座るミハエルに声をかけた。ミハエルはその言葉をイーゴリに通訳してから少し考え込んだ。

『……色々参考になりました』

参考？　参考って、ミハエルはここから何を学ばれた？

もしかして、もっと芸術性を学ぶべき場面だった？　キレッキレダンスに、どんな練習を積めばあんな人間を辞めたような動きができるんだろうと思っている場合ではなかったのかもしれない。

確かに音楽とかも凄(すご)いなぁと思ったけれど、私は音楽方面も絵画と同様にさっぱりだ。やっぱりミハエルの隣に相応(ふさわ)しくなるためには、こういった教養を学び、感性を磨いた方がよさそうだ。そうでないと話が合わないことになりかねない。でも逆に言えば、こういうことを学べば、楽しい会話を作るきっかけになるだろう。私との時間が楽しければ、ミハエルもよそ見する暇(ひま)はないはずだ。

うん。いい女になるために自分を曲げたり、諦(あきら)めたりする前に、まだまだやれることは沢山(たくさん)ある。

もう一度家庭教師の先生に相談をして、何か一つでも芸術に関することを始めよう。もしくは何から始めたらいいか、ディアーナ達に相談してもいい。

『参考になったならよかったわ』

さて、まだ休憩時間があるし、一度王女を化粧直しに誘った方がいいかもしれないと思い、館内の配置図を頭に浮かべた時だった。

突然開演のブザー音とはまた違う鐘を連打で打ち鳴らす音が鳴り響いた。その音に、私はビクリと肩をすくませる。

私だけではなく、他の方もこの奇妙な音に動揺したようで会場中がざわめく。

「何の音でしょう？」

私はミハエルの方を振り向きながらたずねた。彼は私より王都にも劇場にも詳しい。もしかしたら何か知っているかもしれない。

「これは緊急避難の鐘だね。あっ。何か話すみたいだから、静かに」

ミハエルが人差し指を立てると、こちらを見ろといわんばかりに、舞台前に設置されたピアノが大きな音を奏でた。元々舞台を見に来ていた人達なので各々しゃべるのをやめ、舞台中央に立った男を見る。

「ただいま武官から、緊急避難指示が出されました。我々が屋外まで誘導します。指示に従ってください」

緊急避難指示という言葉に、男の言葉など聞かない人達が我先にと動き始めた。このままだと出入口の場所が大混乱になり危険だとヒヤリとした瞬間、突然、バンッと発砲音がした。舞台上の男が銃のようなものを持って手をあげているのを見て、皆が固まる。

「こちらの指示に従ってください。私達が必ず皆様を外へ見送らせていただきます。そうでないと危ないですよ」

銃を持っていると思うと、誰も文句を発しなかった。恐怖で人を縛るやり方だが、ある意味パニックによる危険は減った。

「上手いね。さすが、役者だ」

「役者？」

「さっきのは、打楽器の音だよ。よく聞けば分かったと思うけど、おもちゃの銃を持ってあの音を聞けば、発砲したと皆思ってしまったみたいだね」

そうだったのか。護身用の銃を持ち出し、脅す道具に使ったのかと思ってしまった。でも銃口を上に向けて発砲したらシャンデリアに当たり、今頃ガラスの破片が降り注いだはず。それがないということは、発砲していないということだ。

舞台にいる人は皆ダンサーにして、役者だ。周りの目を引き付け、表現するのに長けた人達である。素直にその度胸も技術も凄いと思う。

「失礼します。先に誘導させていただきますので、準備をお願いします。手荷物はこちらにお持ちしました」

お忍びとはいえ、エミリアが王女であることは伏せてあっても、高貴な方であることは劇場の人達に伝えてあったのだろう。真っ先に案内役が来た上に、荷物まで持ってきてもらえた。それを受け取り、私達は小走りで移動する。階段を駆け下りる時は、ミハエルが王女の手を引いた。それに対して彼女が私に対して少しだけ申し訳なさそうな顔をしたが、緊急事態でそんなことを気にするのはいい女ではない。ただの馬鹿だ。イーゴリも私に手を貸そうとしたが、それよりも荷物をお願いする。スカートが脛丈でも走るには邪魔なのだ。両手で裾を上げると、私は階段を駆け下りた。

理由の分からない緊急避難指示だったので、色々不安になるが、でもまずは劇場を出るのが優先だ。私達が外に出なければ、他の人も逃げそびれてしまう。

建物の外に出れば、入口前に馬車がすでに待機していた。そして馬車の前に臙脂色の制服に黒のジャケットを着た武官が立っている。

「こちらにお乗りください。この国で一番高い城へご案内します」

「避難理由はなんだ。手短に教えてくれ」

「漁港近くで大型の水の神形が出現しました。かなり成長していますので、王都に津波が押し寄せるかもしれません。そのため、王命で緊急避難指示となりました」

ミハエルの質問に男は現状を話す。

水の神形は水の中に入ると同化して出現に気づくのが遅れやすい。そして成長しきると、嵐や津波、河川氾濫など、様々な水害を起こすのだ。海で大きなものが出たということは、沖で成長したものが近づいて来た可能性がある。だとしたら、確かに一番可能性が高い災害は津波だ。討伐が間に合えばいいが、駄目ならばできるだけ被害を最小限に抑えるために高い場所へ逃げなければいけないと聞く。

私自身は体験したことがないが、かつて津波を体験した人からその恐ろしさは伝えられている。膝(ひざ)の高さ程度の水で、人は簡単に海へと流されるそうだ。そんな津波が王都を飲み込んだらどうなってしまうか。……想像だけで背筋が寒くなる。

「イーゴリとイーラは王女を無事に城までお送りしろ。イーゴリは彼女の安全を守り、イーラは通訳を頼む」

「上官はどうされるのですか？」

「俺は漁港の方に行き、討伐に加わる。イーラ」

ミハエルは私を呼ぶと、ギュッと抱きしめた。そのことに私は慌てたが、ミハエルが微(かす)かに震えているのに気が付いて、すぐに冷静になる。

「君は武官ではないけれど、俺の命令に従ってくれる？」

「……もちろんです。任せてください」

ミハエルは私の安全も考えて城に逃げるように言っているのだろう。本当に危険な状況なのだ。

私の一番はミハエルだ。彼を守るのが私の一番したいこと。でも彼の仕事を守るのも大切な役目だ。それに言葉の分からない王女は私以上に不安だろう。彼女を見捨てないことが、今は一番彼の役に立つ方法だ。私は私のできることをするのみ。

「私、結構役に立つんです」

「知っているよ。イーシャ。無理だけはしないで。俺の最愛」

　周りに聞こえないぐらい小さな声で囁かれた言葉に苦笑いする。ミハエルにこう言われてしまったら、断ることなどできない。

　ミハエルから離れると、私はエミリアの手を握った。彼女の手は冷たく、緊張していることを私に伝える。……私が守らなければ。

『馬車に乗るです。津波が発生するかもです。安全な場所へ行くです』

　馬車に揺られながら、私達は城に向かう。今分かるだけの状況を拙いながらも王女に説明したら、馬車の中は無言になってしまった。本当に津波が起こったわけでもないので、無駄に緊張していても仕方がない。ここは和ませるために何か話すべきなのだろうが、片言しか話せないせいで、余計に中々話題が思い浮かばなかった。しかしこの場で王女の言葉が分かるのは私だけだ。しっかりしなければ。

『……イリーナも心配よね』

　どうしようと思っていると、王女の方から話しかけてきた。

『城はとても高い。そこならば大丈夫です』

　実際に津波を体験したことがないので、本当にそうなのかは分からない。でも私は少しでも王女の不安を取り除こうと、大丈夫と伝える。私自身そう思いたい。

　しかし私の受け取り方が間違っていたようで、王女は首を横に振った。

『そうではなくて……婚約者が一番危険な場所に行ったのだもの。ごめんなさい。心配に決まっているわね』

『いいえ。それこそ、問題ないです。ミハエルは優秀です。絶対、大丈夫です』

　苦戦はするだろう。別れ際のミハエルの緊張を思い返すと、もしかしたら撤退を余儀なくされる可能性もある。それでもミハエルなら大丈夫だと私は信じている。伊達に十年ミハエルを信仰してきたわけではない。彼ならその場の最善を選べると私は知っている。

　無理だと思えば部下の命を優先させ、被害をできるだけ抑えられるように動かれる。名誉のために命を懸けるタイプではない。人を楽しませる悪戯が好きだけど現実的。それが私がずっと見てきたミハエルだ。

『……貴方、凄く謙遜していたけれど、とても彼にお似合いというか、むしろ勿体ないぐらいいい女ね』

『そこは違うです。いい女は目指しています。でも勿体なくないです。ミハエルですよ？　ミハエルは――』

『あ、彼のよいところは十分聞いたからいいわ。へぇ。でも、いい女目指しているのね』

　王女の表情はずっとこわばっていたけれど、ニヤッと笑った。私の言葉が彼女のツボをついたらしい。

『はい。ミハエルに浮気はさせないです』

これは決定事項だ。そのための努力をすると私は決めた。絶対ミハエルを地獄になんて落とさせない。

そう言うと、王女は少しだけ目を見開いた後、ニコリと笑った。

『いい心がけだわ。でも、ますます彼には勿体ない』

「歓談中悪いが、そろそろ馬車が止まるから、降りる準備をするよう伝えてくれ」

王女と話していると、窓の外を注意深く見ていたイーゴリが話しかけてきた。その言葉を通訳すると、王女はこくりと頷いた。

馬車は相当飛ばしたらしく、窓の外はいつの間にか王宮の敷地内に変わっていた。揺れがいつもより酷かった気もするけれど、あまり感じなかったのは、私もそれだけ緊張しているからだろう。

「彼女の緊張をほぐしてくれてありがとうな」

「いいえ。元々それほど緊張はしてなかったと思いますよ。彼女はとても度胸があります」

「でも言葉が分かる奴がいるのといないのでは全然違うだろ。俺だけだったら難しかった」

確かに。

ここは彼女にとって言葉の通じない異国だ。馬車に乗った時は、顔がこわばり、握った手も冷たかった。不安を口には出さないが、不安でないはずがない。

馬車が止まり、まず私が最初に外へ出て、次に王女の手を取り降りてもらう。城の前には、メイド服を着た使用人が三人立っていた。

『お帰りなさいませ』

『アーダ！　皆っ‼』

『さあ、私達がドレスを持ち上げますから、姫様走りますよ。文句は後で聞きますから、今は頑張って足を動かしてください』

使用人はどうやら王女の傍仕え（そばづか）の者達のようだ。王女と同じ言葉を話している。そして王女の表情は先ほどより柔らかい気がする。いい感じで緊張がほぐれている。

その様子を見て、私はこの場は私がいなくても大丈夫だと判断した。ここで私ができることはもうない。

『王女様。イーゴリと避難、えっと、お願いします！』

「イリーナ？」

「イーゴリ、私はミハエルのところへ行きます。王女様のご誘導をお願いします」

「はあ?!」

私の言葉にイーゴリは眉をひそめた。たぶん仕事を途中で放り出すからではなく、ミハエルのところ、つまりは危険な場所に自ら行くと言っているからだろう。

宣言した私自身、無謀なことを言っている自覚があった。神形は油断のできない災害だ。しかも今回は、ミハエルが緊張するほどのものだ。

自分の無謀ともいえる選択に、心臓が痛いぐらい鳴っていた。

「元々私の仕事は城に戻るまでの護衛ですし、武官ではないので、イーゴリの指示に従う必要もないですよね？　それに王女様の傍仕えもいらっしゃいますし、私がいなくても大丈夫ですよね」

恐怖を抑え込みにっこりと笑えば、イーゴリは戸惑ったような顔をする。

「上官のいる場所は危険だ。武官でもない子供が近寄るような場所じゃない」

イーゴリは怒鳴りつけるのではなく、幼い子を諭すように私に話しかけた。

私だって危険なのは重々承知の上だ。確かに武官でもない私が行っても足手まといで、やれることはないかもしれない。それでもミハエルのためにやれることがあるかもしれない。だったら、危険でも私は行く。

私は真っ直ぐイーゴリを見た。

「私はミハエルを助けるためにここにいるんです」

何故王女の護衛をしたのか。それは王女を助けたいからではなく、ミハエルの助けになりたいからだ。だからミハエルに任された王女の安全が守られた今、次に私がしたいのは、ミハエルを守ること。

こんな大規模な災害は初めてだ。だから不安で、情けなくも手足が震えてしまう。でも私はできることがあるのに、それをせずに後悔し嘆くのだけは絶対嫌だ。

「彼が戦うなら、私も共に戦います」

ミハエルはきっと安全な場所で待っていて欲しいと思っているはずだ。私の助けなど求めていないだろう。女らしくできない私では早々に離婚の危機に陥るかもしれない。それでも私はミハエルを助けたかった。結婚したらミハエルを守れないというならば、私はやっぱり結婚なんてしなくていい。

そもそもミハエルたって、近くで俺を守れてお得だとか何とか言って婚約を迫ったのだ。だったら、私を遠ざけて守らせてくれないのは立派な契約違反だ。うん。そうだ。私は悪くない。

ジッとイーゴリを見つめ続ければ、彼はため息をついた。

「……武器は、武器庫に入っている。ほら、鍵だ」

ポンと投げられた鍵を私は慌てて受け止めた。

困惑気味にイーゴリを見れば、彼はビシッと私に指を指した。

「その鍵なくしたら、懲罰ものだからな。絶対返せよ。死んでも返しにこいよ」

「はい。ありがとうございます」

武器がなければ戦えない。だからこれは彼なりの餞別だ。とてもありがたい。

「ついでに武官になれ。いいか。武官になったら、絶対討伐部選んで俺の部下になれよ。俺の部下なら、上官の部下だから」

「いや。就職先は、一度持ち帰って検討させていただきます」

「そこは頷くところだろ!!」

私が右手を上げて生真面目に返事をするとイーゴリは地団太を踏んだ。

流れ的にはそうなのだろうけれど、それはそれである。元々性別的に無理だし、そもそも私でなくても、就職はノリで決めずに慎重に考えるべきだ。

「馬もお借りします」

「おー。もう、必要なものは何でも持ってけ。その代わり絶対帰ってこいよ」

イーゴリは真剣な顔で私を見た。私はその熱い眼差しに頷くと踵を返し武器庫へ走る。イーゴリもまた王女の誘導を開始した。

私は武器庫からハンマーを借りると、先ほどまで馬車を引いていた馬にまたがり海に向かう。

王都の中を馬で走ればまだ逃げ惑う人々がいた。きっとここにいる者のほとんどが津波を体験したことがないのだろう。高いところに逃げろと言ったって、実際にはどこに逃げればいいのか分からないに違いない。

紺色のジャケットを着た武官が誘導はしているが、家の中に貴重品を取りに帰っている者もいてまだまだ避難は完了しそうにない。

とりあえず海と聞いたので、闇雲に海の方向へ馬を走らせる。今回出現したのはどんな水の神形で、討伐中の場所は分かるだろうかと思っていたが、開けた場所に出た瞬間、場所はすぐに分かった。

「水大烏賊（クラーケン）……。初めて見た」

遠目だったが、半透明の巨大な足がうねうねと動く様子が見える。正直、生理的に受け付けない見た目だ。ちなみに今回はイカのように頭が三角だったが、足が沢山ある巨大な水の神形はすべて水大烏賊と呼ばれたはずだ。タコの形でもくらげの形でもすべて同じ名前で呼ばれるのは、分類するほど近海での出現率が高くないからだ。

それでも水龍（ウォータードラゴン）ほどではないが、水大烏賊もかなり危険度が高い神形に分類されていた。

水大烏賊は出現すると波が高くなるのが特徴だ。そのため沖で出現すると船が転覆しやすくなり、陸近くだと津波が起きると言われていた。また無数の足で人を捕え、水中に放り込むという習性があり、溺死（できし）する危険があった。

ただし氷の神形と同様にアレも生き物ではないので、人を食べることはない。だから水の中に放り込まれたらそこで足が離れるので、そのまま泳いで浮き上がることなく逃げるといいと魚を納品してくれていた漁師のおじさんは言っていた。

ただし人間は息を吸わなければ生きられないので、他に人がいるなら水大烏賊の足を叩（たた）き壊すといいそうだ。どれだけ大きくても本体から切り離された場所はただの水になってしまうらしい。

しかしあの大きさをたこ殴りにしたくても、足場的にやりにくい。それに水がある限り壊れた場所は再生する。再生する前に叩き壊せればいいがあまりに巨体だ。何かもっといい方法はないだろうか。せめて再生さえさせないようにできれば——。

「そうだ」

漁船に置きっぱなしになっている網を見た瞬間私は、漁師のおじさんに聞いた話を思い出した。

私は水の神形に怯え足を止めてしまった馬から降りると、一番長くかさばる外側のペティコートと邪魔なパニエを脱ぎ、ついでに帽子も取って馬にくくり付ける。上手くいけば、また回収できるだろう。

内側にはいていたペティコートは膝丈なので、はしたないと眉をひそめられる恰好だ。いや、はしたないという前に、あり得ないぐらい中途半端な着方なので、何があったと驚かれるのが先か。でもこれで動きを邪魔されず走れる。

動物は危険を察知する第六感が発達していて、自然災害が起こる前に逃げ出すと聞く。よくしつけられた馬が及び腰となるのだから、これは本当に危険だということだ。恐怖が足の先から這い上がり、体がこわばる。

「ここまでありがとう。城に戻って。私もここを守るから」

馬に話しかけながら、私は心を落ち着かせた。でもどれだけ大丈夫だと自分に言い聞かせても、化け物のような巨大な神形を見ると決心が鈍る。

今まで王都にいた間に緊急避難指示が出たことはなかったし、私が生まれてから王都が津波に飲み込まれたなんて話も聞いたことがない。

つまりはミハエルも水大烏賊と戦うのは初めてのはずだ。ならば私にもきっとできることがある。怖いのは当たり前。恐怖を感じず自分の力を見誤れば、自然は私の命を奪っていく。だからそれを認めた上で、私は私のできることをするのだ。

「行って」

馬の尻を叩き城の方へと走らせる。これでもう、後戻りはできない。

私はキッと水大烏賊を睨(にら)むとそれに向かって走った。

成人してから三年。その前も王都にはよく出入りしていたが、こんな大物の水の神形を見るのは初めてだった。
「ははは。これは凄いね」
人はあまりの事態が起こると笑うしかなくなるようだ。正直冗談のような化け物じみた大きさだ。沢山ある足がうねうねと縦横無尽に動いているせいで、余計に大きく見えた。この間討伐した氷龍(アイスドラゴン)よりはずっと大きい気がする。
水大烏賊が出現したのは、丁度(ちょうど)入り江のようになった場所だ。大型船が止まる場所より少しずれたここは、足場も砂浜のようになっていた。

「ミハエル、来たのか」

「そりゃ来ますよ。司令塔がいなければ困るでしょう？」

水大烏賊の姿に驚いていると、俺よりずっと年上の男が話しかけてきた。彼は俺と役職は同じだが、現場経験が長い人だ。正直彼がいてくれてよかった。しかしそんな彼でも顔色が悪い。

「どうする？　俺は全員撤退するべきだと思うが」

彼が言うなら、その通りなのだろう。

水大烏賊は足を鞭のように振り回し、近場にいる武官を水の中へ落としていっている。時折武器が足に当たると、水風船が割れるかのように弾けるが、海の中にいるためすぐに再生してしまっていた。

「……仕方がないでしょうね。ただし王への言い訳が必要なので、もう少しだけ粘るべきかと。せめて市民の八割が逃げられる程度の時間を」

こんなの倒せるはずがないと俺も思う。

倒せないなら、今度は部下の命を守るために動くべきだ。津波が起こるタイミングは分からないが、神形は体を再生している間は災害を起こさない。だとしたら、王への言い訳も考えて、多少しだけ粘るべきだ。俺ら上官が降格させられる程度の罰ですめばいいが、市民への被害が大きければ大きいほど、市民の怒りを削ぐために武官が見せしめになる可能性が高い。

神形は災害なのだから仕方のないことだと思うが、俺らの仕事が討伐である限り、犠牲が出た時に悲しみや憤りをぶつけられる。せめて市民の避難が終わるまでは、津波を起こさせるわけにはいかない。

「くそめ。自分は安全な場所にいるくせに」

「それが王の仕事だから、俺らも俺らの仕事をするしかないんですよね。確か水大烏賊は、水の中に頭までつかれば足が離れるはずです。全員で足を潰しにかかり、水の中に引きずり込まれたら慌てず、泳いで逃げるようにしましょう」

時間を稼げば稼ぐほど、武官の命は危険にさらされる。その上津波が起これば、まずここにいる武官は助からない。だから、本当にギリギリを見極めなければいけないのだ。

もしも何もせず、王都を海に飲み込ませ、多くの市民……いや、貴族の命がなくなれば、折角助かった武官の命の保証はない。それは俺がどれだけこれは災害で仕方がないことだったと王に進言したとしても変わらない。

「分かった。俺はこのままここの指揮をとるから、お前は東を頼む。ここからだと末端まで声が届かないんだ」

東の方は王宮に近い。つまり駄目になった時、俺が真っ先に逃げろと言っているのだ。

「……分かりました」

俺の公爵家嫡男という立場は、武官が生き残れた場合に多少は使える。俺よりベテランの彼が助かった方が武官にとってはいいと思う。でも政治的立場では、彼は俺より無力となってしまう。

すごく腹立たしいが、彼の判断は間違っていない。

俺は東の方へ行くと、声を張り上げた。

「俺の名前は、ミハエル・レナートヴィチ・バーリン。今から、全員で水大烏賊の足を叩く。水の中に引き込まれたものは、慌てずに水の中にそのまま入り、足が離れたところで逃げるようにっ!! 撤退のタイミングはこちらで指示する!」

全員でできるだけ時間を稼ぐだけなんて情けない話だが、今できる最善はこれだ。近くにいた武官に、街の人間の避難が八割がた完了したら伝えに戻るように命令する。

一度危険な場所から離れた後に、再び死ぬかもしれない場所に戻るのは、ここに留まるよりも忍耐がいる。武官は真面目な顔で頷き街の方へ走った。どうか彼が、ちゃんと職務を全うすることを祈ろう。

もしも戻ってこなかった場合は、俺の勘で撤退のタイミングを決めるしかない。……すごく嫌な仕事だ。

「イーシャ、どうか無事で……」

王女を送ったイーシャは安全な場所に行けただろうか。たぶん妹達は、使用人が真っ先に安全な場所へ避難させているはずだ。だから心配なのは、頑張り屋な彼女の方。

本当は一緒にいたいけれど――。

「ミハエルッ!!」

あまりの緊張に幻聴が聞こえたのだろうか？

イーシャの声が聞こえ、俺は慌てて街の方を見た。そこにはとても短いスカートをはいた奇妙な恰好をした婚約者が、ハンマーを持って走ってくる様子が見えた。あり得ない光景に、俺は声を失う。

止めなければ。そう思うのに、上手く言葉が出てこない。そうこうするうちに、イーシャは俺の前までやってきた。全力で走ってきたのだろう。息が上がっている。

「なっ。何でここに――」

「そんなことより、ミハエルは水大烏賊の倒し方を知っていますか?!」

俺の言葉を遮り、一分一秒を惜しむように、イーシャは真剣な顔で話しかけてきた。

確かに何でいるなんて質問、分かりきっている。イーシャは俺を助けるためにここに来たのだ。

こんな大きな神形、恐ろしくて仕方がないだろう。俺だって責任がなければ、今すぐにでも逃げ出したいぐらいだ。それでも彼女はここへ来た。

本来なら怒るべきだろうが、もしもイーシャと俺が反対の立場だったとしたら、俺は彼女と同じように恐怖を感じる本能をねじ伏せ助けに走ったと思う。それに、もしかしたらこれが最期の会話になるかもしれないのだ。だとしたら、俺は感情に任せて怒鳴り散らすより、彼女に愛を示したい。

「……残念だけど、効率のいい倒し方は分からない。この水の神形はこれまで陸近くに現れることがなかったからね。だからここは危険――」

「昔、沖で網漁をしている漁師に水大烏賊の話を聞いたことがあります。海の上で見つけたら、とにかく逃げろと。でもサイズが船よりも小さいならば、網で船の上に釣り上げて叩き潰せと言っていました」

再び彼女は俺の言葉を最後まで聞かなかった。どうやら彼女は俺と心中しに来たわけではないようだ。

俺は彼女の説明を妨げないよう、しゃべるのを止め、聞き漏らさないように集中する。ここは討伐の音でうるさくて聞き取りにくいのだ。

でもこれは絶対聞き逃してはいけない話だと、俺の勘が訴える。

「網は漁船に積んだままのところが多いみたいです」

ここは船ではない。

船より、水大烏賊よりも大きな陸地だ。そしてここには、船乗りと互角な屈強な武官が、船乗りよりも大勢いる。

水大烏賊だって、大きさこそ普通ではないが、水の神形だ。つまり陸地に上がってしまえば、退治することだって可能だ。

「……分かった。その提案で行こう。たぶん今よりも、ずっと上手くいくと思う。じゃあここは危険だから、とにかくもっと離れた場所に行ってくれないか？」

「いいえ。私、力は男の人に負けますが、俊敏さには自信があるんです。網をかけて引っ張る間の協力をさせてください」

イーシャは真剣だった。微かに体が震えているのは、ここが危険な場所だと分かっているからだろう。何も分からずここにいるわけではない。それでも協力を申し出るということは、それだけの決意があるということ。だとしたら、説得を試みるだけ時間の無駄だ。

それに彼女の実力はこの間の討伐で見せてもらっている。

雪で鍛えられた足腰は濡れた海岸でも踏ん張りがきくし、俊敏さなら俺より早いかもしれない。なら俺が言う言葉なんて決まっている。

男のプライドがなんだ。

俺はイーシャを信じる。

「うん。お願い。俺を助けて。その代わり、自分の安全は最優先にしてくれないか？　君は俺の心臓なんだから」

「分かりました」

「おいっ。今から、新しい指示を出すから聞け！」

俺は部下に網を取りに走らせると、先ほど話した部隊のまとめ役に討伐の戦略を説明する。

彼は俺の説明に目を見開いた。

「おい。水大烏賊を釣り上げるって正気か？　あのサイズだぞ?!」

「でも足を叩き続けて時間を稼ぐだけよりは、全員が助かる可能性が高いです。実際船乗りは船より小さければ網で釣り上げて叩き潰しているそうです。船乗りにできるのですから、ここにいる武官ならできると思いませんか？」

船乗りを馬鹿にするつもりはない。でも俺達は、討伐部の武官。つまり神形の討伐の専門職だ。場所の条件だって、船乗りよりずっといい。

「……分かった。その案、乗ってやる。どうせ、このままでも命があるか分からないからな」

「ありがとうございます」

若造の意見でも、平等に聞く彼は、イチかバチかの作戦に乗ってくれた。実際この作戦の方が、まだ見込みがあるからだろう。

普段沖の方の討伐まではしない俺らは、近海での出現率が低い水大烏賊に関しては素人に近いのだから。

再び元の場所に戻ると、そこにはイーシャがハンマーを振り回す姿があった。彼女はハンマーの遠心力を使って、自分の胴体と同じぐらいの太さの足を潰す。さらに彼女は足元を狙ってきた神形の足をひょいっと高く跳びあがることで避けながら、空中で体勢を変えてそこに容赦なくハンマーを打ち落とした。武官の中でもトップレベルの動きではないだろうか？

体幹がしっかりしているだけではなく、視界も広いのだろう。すべての足の動きをよく見ているようで、足に捕まえられた人がいれば、真っ先に彼女はその足を叩き潰している。

武官達は奇妙な恰好の彼女に誰だコイツという顔をしていたが、身軽に足を避け、踊るようにハンマーで足を潰す姿を見れば一瞬で仲間だと判断したようだ。そもそも、この状態でよそ者だとかそんなことを考えている暇もないだろう。

俺は効率よく網をかけるために、水大烏賊の動きをよく見ながら指示を出す。どうやらあの神形は氷の神形と同様に、生き物にしか反応しないようで、網を追い払おうとはしないようだ。ある意味人が動けば、それが囮となる。

「俺らも行くぞ!!」

イーシャの動きに感化された武官がやる気を取り戻したようで、一緒になって足を切り裂きに行く。人数が増えれば、水大烏賊はそちらに足を動かすため、網がかけやすくなった。

そんな中、足が俺を叩き潰さんとばかりに、しなる鞭のような動きで飛んできた。そこそこ離れているのに長い足だ。避けようと構えた瞬間、俺の前に人影が走った。

「ミハエルを邪魔する奴は何人たりとも許さないんだから!!」

イーシャはスイングするようにハンマーを振り、目の前に飛んできた足を薙ぎ払うように潰した。足が潰れ、かたどっていた水がバシャッと俺とイーシャにかかる。

「大丈夫ですか？」

「ああ。ありがとう」

水がキラキラと太陽の光で輝き、そこにたたずむイーシャはまるで戦女神のようだった。服装は酷いもので、海水でぐしょ濡れな上に、足が露出してしまっている。帽子もかぶらず、それどころか髪もほどけてしまっている。それでも俺は美しく、女神のようだと思った。それはきっと戦う彼女からは怯えなどを感じず、それどころかこの状況で俺に向かって笑ったからだ。彼女を見ると恐怖など消えてしまう。

……彼女の輝きは、宝石のように大切にしまっておいては見られないものだ。俺はこの時はっきりと自覚した。

そもそも俺は、貴族らしく人形のように着飾ったイーシャを好きになったわけではなかったのだと。

「もう一度、行ってきます」

再び水大烏賊の方へ走っていくイーシャを俺は止めなかった。

そしてイーシャが頑張るのならば、俺も頑張らねばと意識を切り替える。そうこうしていくうちに、水大烏賊は網の中に入りきった。

「全員、網を引けっ!!」

ここからは綱引きだ。掛け声に合わせて。全武官で水大烏賊を引っ張る。俺も加わり網を引っ張った。かなりの重さだが、網に絡(から)まり上手く足が動かせなくなったそれは、体を少しず

つずりずりと岸に打ち上げていく。網が頑丈であったことに感謝しかない。

網からはみ出た足が、びたんびたんと地面を叩く。足だけでも俺の身長よりも確実に長い。綺麗(きれい)に伸ばせば、やはり三階建てぐらいはありそうだ。よくもまあ、ここまで大きくなったものだ。

すべての体が陸に上がると、俺は網にかかった水大烏賊に近づき眺める。色は少し青みを帯びた半透明で形こそ烏賊(いか)のようだが、まったく違うものだと分かる。不思議なもので、水大烏賊の中に空気の泡が見える。生け捕りにして研究対象にしたいが、動いている間はどれだけ海から離そうとも災害を振りまくのだから、ここで倒すしかない。

本来なら烏賊の目があるところに、拳よりもう少し大きいサイズの石が二つもはまっているのに気が付いた俺は、これが核(コア)だと判断する。もしも海の中だったら、到底その場所には届かなかっただろう。陸地で横倒しになっているからこそ、手が届く。

なるほど。確かに打ち上げてから叩くという漁師の方法は、正しいようだ。

俺はおもむろに銃を取り出すと、石に向かって二発発砲した。

発砲音により、全員が静まり返る。石に銃弾が当たり割れると、水大烏賊はまるで穴の開いた袋のように体をかたどっていた水が、どばっとその場に流れ、その姿を消した。

色は無色透明の海水そのもので、割れた石がなければ、まるで幻でも見たかのようだ。ただし砂浜にはここまで大きなものを引きずったと分かる跡が残っている。

「「うぉぉぉぉぉぉぉっ!!」」

　一瞬の沈黙の後、男達の野太い歓声が上がった。その場にいる者同士、抱き合って助かったことを喜び合っている。

　そんな声を聞きながら、俺はすぐさま、イーシャを探した。

　イーシャなら大丈夫だと信じ、最後の方はイーシャの動きを見てはいなかった。一体どこにいるのだと慌てたが、すぐにその場所は分かった。

「おい、お前、アレクセイだろ」

「あっ。はい！　突然本業の方の中に交じってすみません。でも見ていたら、いてもたってもいられなくなってしまって」

　大柄の武官に話しかけられたイーシャは恐縮したように謝っていた。

「いや。助かった。凄いじゃないか」

「成人まであと何年なんだよ。お前絶対、武官向きだって」

「というか、その恰好なんだよ」

　小柄なイーシャは大柄な武官に囲まれれば姿が見えなくなってしまうが、逆に沢山の人に囲まれてしまっているためどこにいるのかは分かりやすい。

　先ほどのイーシャの動きを見ていたからだろう。今回の討伐の英雄を誰もが褒めたたえようと、声をかけている。

「その恰好だと寒いだろ。服貸してやるよ」

「い、いやぁ……あー」

俺が男達の間に分け入ると、イーシャは戸惑った顔をしていた。

確かにイーシャの恰好は酷いものだ。びしょ濡れな上に、ふくらみのない膝丈のスカートが、ぐっしょり海水を含み足に引っ付いている。男だと思っていなければ、全員が顔を赤くして背中を向けるほどあられもない姿だ。そんな姿を心配する気持ちは分かるが、イーシャの肩に誰かが手を触れようとした瞬間、俺は慌ててイーシャを自分の方へ引っ張った。

我ながら心が狭いと思うけれど、こんな無防備なイーシャをこのまま誰かの目にさらしたくない。俺は自分が着ていた上着を脱ぎイーシャにかける。俺の上着も濡れてしまっているので、保温という観点ではあまり意味はないけれど、濡れているせいで服がぴたりとくっつき、細い体の線が余計に分かる姿など見せたくないのだ。

というか、絶対見るな。俺だってイーシャの裸を見たことがないんだからな。

「彼は俺の知り合いだから、後は俺が面倒を見るよ」

「えっ。あ、あの……」

イーシャは俺にようやく気が付いたようで、戸惑ったように俺を見上げた。大きな灰色の瞳に俺が映り込んだ。走り回っていたからか濡れているわりに顔色は悪くなく、むしろ少し赤いなと思っていたが、何故だかさらに赤くなる。

そして――。

「イッ、アレクセイ?!」

「ず……ずびばぜん」

突然イーシャの鼻から赤いものがこぼれ落ちたのだ。

それは命の色。多くの武官が流し、時にはその生命を奪った色。そう思った瞬間、俺は心臓に氷でも突き刺さったかのような痛みを感じる。

気が付いた時には、彼女を抱き上げていた。もちろん水を含んだ服を着ているのだから重い。でもそんなことまったく気にならなかった。

とにかく安全な場所に彼女を運ばなくてはいけないという気持ちしか湧かない。

「どこか怪我をしたかもしれない。後は任せるから、撤収作業を頼む。漁師から借りた網などは、破損があれば買い取る形にしてくれ」

「び、ビバエル?!」

「黙って」

本来ならば俺はここに残るべき立場だ。そう分かっていても、俺の一番大切な者の前では、責任感など脆(もろ)くも崩れ去る。

それにこの場の危険は過ぎ去ったのだ。俺がいなくてもどうにでもなる。

「イーシャ、死なないで」

君が死んでしまったら俺は息もできないんだ。

そう思いながら、俺は俺が一番安心できる家へと向かった。

「本当に大丈夫なので。本当に、本当に。すっごく元気なので。お医者様だけは勘弁してください」

鼻血を吹いたことにより、公爵家の別宅までミハエルに運ばれた私は、もういたたまれなさすぎて消えてなくなりたい気分だ。

討伐後に吹いたこの鼻血は怪我ではなく、戦闘による興奮状態で、さらにミハエルの神々しくも艶めかしい濡れ姿を見たせいだと思う。私に上着をかけたあの時のミハエルは、薄手のシャツを着ているだけだった。そのシャツは水に濡れたことにより肌にくっつき、彼の鍛えられた筋肉がよく見えて――いけない。思い出したら、また鼻血がでそうだ。

とりあえず、絶対怪我ではないことだけは断言できる。だからこそ、医者など呼ばれた日には、もう死んでお詫びしたくなるので止めて欲しい。病名が付くとしたら煩悩だ。

「本当だね？　少しでもおかしな点があったら、必ず俺に言うんだよ？　とにかく、体が冷たくなっているから、まずはお風呂に入るんだ。塩水が付いたままだと体も痒くなるからね」

そういえば、いつも討伐に参加する時は川を担当していたので、海水を頭からかぶったのは初めてかもしれない。本当に痒くなるのかは分からないが、ミハエルの心配そうな顔を見ると逆らうなんてできず、私は素直に従った。というかここまで散々指示を無視したので、いい加減従っておかないといけないかなという気持ちもあった。

オリガに用意してもらった湯船にゆったりとつかるという贅沢をしつつ、髪の毛などもしっかりと石鹸で洗っておく。痒くはなくても、今の私はたぶんかなり磯臭い。頭からかぶった水は大烏賊の体液は海水だった。

少し前までは、この湯船につかるというのがどうにも慣れなかったが、公爵家に滞在している間に結構慣れたなと思う。温かい湯船にほっとするのがその証拠だ。……だんだん贅沢に慣れてしまっているのが少し怖いけれど、この先ミハエルと一緒に生きていくならば、こうやって少しずつ変わっていくのだろう。……今回の件で、愛想をつかされていなければだけれど。

考え始めると、胃が痛くなってきた。

「こ、ここからどう挽回すれば……」

ミハエルに愛され続けるいい女になろうと決意したばかりなのに、速攻でミハエルの地雷を踏みぬいている気がしてならない。元々勝手に男装して討伐をしていたのをよしとしていなかったのだ。ミハエルの手助けをしたことを後悔はしていないけれど、これが婚約破棄の原因となったら悲しい。

「婚約破棄かぁ……」

婚約したばかりの時というか、色々とこじらせて婚約者だと知らなかった頃は、ミハエルが『この婚約は破棄する！』と宣言すれば、すんなり受け入れたと思う。私と結婚しようなんて気の迷いだよねと。でも今は、すんなりとは気持ちの整理ができなさそうだ。

とりあえず、もしも婚約破棄になったら慰謝料にミハエルの絵姿はもらえないだろうか……。これを言ったら余計に怒らせそうだなぁ。

「イリーナ様、大丈夫ですか？　体調を崩されていませんか？」

「あっ。大丈夫です。もう、出ます」

いつもよりゆっくりと湯船につかっていたせいで、オリガに心配されてしまったようだ。ドアの向こうからいつもならかけられない声をかけられる。

オリガは討伐から戻って来た私の姿を見るや否や、すぐさまタオルを持ってきて風呂を用意してくれた。顔が青ざめていた気がするので、かなり心配をかけてしまったに違いない。鼻血を出したので、湯船につかることで体調が悪くなっていないか余計に心配なのだろう。私は急いで風呂から出た。……でもミハエルの色気にあてられただけですと宣伝して回る気はないので、申し訳ないがこの先も原因不明を貫こうと思う。

新しく用意してもらった、これまた着心地のいいドレスをまとい、私は外で待っていてくれたオリガと一緒にリビングに移動する。いつもより甲斐甲斐(かいがい)しいのは気のせいではないと思う。

部屋にはすでに着替え終わったミハエルが座っていて、私が来たのを見ると、お茶を入れ始めた。

「えっ、いや。お茶は私が自分で――」

「今日のことを反省しているなら、俺がすることを大人しく受け入れて欲しいけど、どうかな？」

後悔はしていないけれど、それなりに反省はしているつもりだったので、私は大人しく椅子に座り紅茶を受け取った。というかミハエルの笑顔の圧が強すぎて逆らえない。

「どうぞ」

「あ、ありがとうございます」

ミハエルが入れてくださった紅茶……。尊すぎて、味がしない。でも美味しい気がする。いや、美味しいに決まっている。この紅茶を永久保存できないのが辛い。

「今日のことだけど、やっぱり危険行為は看過できない」

「はい」

唐突に始まったお説教タイムに、私は神妙に頷いた。

「一歩間違えたら大怪我をしたり、溺死をする可能性だってあったんだ。俺の心臓が止まるかと思ったし、もしもイーシャに何かあったら、止まると思う」

「そんな……」

大袈裟な。

「今、大袈裟なって思ったよね？」

「えっ、えーと」

ミハエルの言葉にドキリとし、目をそらす。私の気持ちなどお見通しのようだ。

「でも逆に置き換えてみて。もしも俺が大怪我したり、死んだら、イーシャはどう？　心臓止まらない？」

「止まりますね」

「だよね」

すごく変な会話だが、ミハエルを見殺しにして、自分がのうのうと生きている姿が思い浮かばない。

「だからあまり無茶はしないで欲しい。でも今日はイーシャのおかげで誰も死なずにすんだよ。ありがとう」

ミハエルは晴れやかな笑みというよりはどことなく苦みの混じったような笑みを浮かべた。

お礼を言われるとは思ってもいなかったために、私は急に恥ずかしくなった。ミハエルを真っ直ぐ見ることができず下を向く。顔が熱い。説教は予想通りだったけれど、お礼を言われる心の準備はしていなかった。

「いえ、そんな。私なんて……褒められるようなことは、全然してなくて……」

「い、いや。本当に助かったんだよ。イーシャがいてくれてよかった」

追加のお褒めの言葉に、心臓はドキドキしっぱなしだ。再び顔を上げミハエルの顔を見れば、何故か彼もまた顔を真っ赤にしていた。

「な、何で、ミハエルまで顔が赤く……。はっ⁉　まさか、風邪ですか⁉　すみません、私だけお風呂を頂いてしまって」

「違うよ。シャワーは俺も浴びたし。それにこれでも鍛えているからこの程度で風邪なんてひかないよ。これは……照れたイーシャが可愛すぎて、許容量を超えたというか」

「か、可愛い？　私が？」

「可愛いよ‼　ものすっごく、可愛いんだよ」

何だろう、この会話。

以前ならお世辞だと思っただろうけど、ミハエルの顔を見ればお世辞ではないのは明白で。

……ミハエルが、カッコイイのに可愛すぎて辛い。

「と、とにかく。今回のことで俺は思い出したんだ。俺はイーシャの強い部分にも引かれて好きになったんだって。俺は男だから、やっぱりイーシャに対していい恰好をしたいし、守りたいと思う。でもイーシャにはイーシャらしくして欲しいんだ。だからこれからも心配はするけれど、君が思うように過ごして欲しい。できれば、事前に相談はして欲しいけどね」

「……いいんですか？　私、自分でも分かっていますけど、貴族の女性らしくないというか、そもそも女性らしくないというか――」

公爵家で勉強した花嫁修業で、その場限りならそれらしく振る舞うことはできると思う。でもずっとはとても息苦しいし、ミハエルが危険だと思ったら、また私は武器を持って走るだろう。これは変えられない。

だから自分が一番、ミハエルの婚約者に相応しくないと思っている。

「――正直、婚約破棄されても仕方がないと思っていました」

「絶対、婚約破棄なんてしないからね！　唐突に出てくるイーシャのネガティブ思考が一番恐ろしい」

水大烏賊を見た時よりも恐ろしいものを見るような目を向けられるけれど、正直それは心外だ。私はそんなに突飛なことは言ってないと思う。今までの私のやらかし具合を思えば、世間一般では婚約破棄されても仕方がないのではないだろうか。

でも婚約破棄しないと言ってくれたのは素直に嬉しい。

「したいわけではないですから。……私、結構執念深いようで、実を言うと、仕事だと分かっているのに、王女がミハエルとくっついて歩くのを見るのが少し嫌でした。愛人を認めると言っておきながら、この体たらく。精進が足りず申し訳ない限りです」

「えっ。嫉妬してくれたの？　ううん。それはいい。全然いいよ。むしろ、仕事だけど、嫌な気持ちにさせてごめんね。でも嬉しい。その気持ちは、大切にしてね。イーシャのことだから、今後はこんな気持ちにならないよう、誠心誠意をもって自分を律しますとか言いそうだけど、そういうのはいらないから」

嫉妬……。そうか。このもやっとした気持ちは嫉妬か。

まさかの雲の上の存在に対しての嫉妬……。ある意味自分は大物のようだ。でもミハエルのことを神だと思わなくなってきた証拠かもしれない。ミハエルが特別なのは変わらないけれど、彼は手の届かない人ではなくなった。私にとって隣にいるのが当たり前で、ずっと一緒に生きたい人になった。

「前はそうだったんですけど、ちょっと考えを改めました。あ、嫉妬したいというわけではないのですが、愛人はなしの人生を目指したいと思うんです」

「愛人はなし？」

「はい。イーゴリの話を聞いて、浮気を容認しミハエルの名を貶めていいなんて考えていたのは間違いだと気が付いたんです。ミハエルが職場で地獄に落ちろと陰で言われるなんて、耐えられません。というわけで、ミハエルが浮気をしなくてもいいように、自分を磨いて飽きられないよう努力しようと思います」

私がもっと魅力的になりミハエルが絶対浮気をしないと自信が持てれば、たとえ王女との距離が近くても、もやっとすることはないだろう。

そう宣言すると、ミハエルはクスクスと笑った。何かおかしなことを言っただろうか。

「うん。ちょっと変わっているけれど、その方がずっと嬉しいよ。俺はそもそも浮気する気はないけどね」

浮気する気がなくても、時が経つと男は変わるものだと、私の以前勤めたところの先輩方は言っていた。だからこそ、私は努力しようと思う。なにごとも、やる前から諦めるのはよくない。

「それにね、嫉妬したのは俺もだよ？」

「……何か嫉妬させるようなことありました？」

「イーゴリとちょっと距離が近すぎるんじゃないかとすっごく言いたかった」

えー。イーゴリとって……。そもそもイーゴリは私が女だと気が付いてない。その状態で距離が近いもないと思う。あれはどちらかというと兄妹的な感じだ。

「俺のイーシャ。よそ見しないで。俺だけを見ていて」

ミハエルの青い瞳が私を真っ直ぐ見つめる。その美しすぎる宝石に吸い込まれそうだ。……私がミハエルからよそ見するはずなんてないのに。ミハエルは変な心配をする。

「私が見ていたいのは、ミーシェニカだけですよ？」

他の誰でもない。私がずっと見ていたいのは彼だけだ。彼のためだから、私は頑張れる。

ミハエルが私の手を握りしめた。

「……可愛いすぎて辛い。ううう。可愛い、愛してる」

ミハエルのツボはよく分からないけれど、決め顔が崩れて真っ赤になっていた。個人的にはミハエルの方が可愛いと思う。でもこれは恰好を付けたいと言った彼には内緒にしておこう。

「少しはミハエル好みのいい女になれました？」

「もう、ずっと、俺好みなんだって!!」

ミハエルは椅子から立ち上がると、座ったままの私に横から抱き付いた。口からひょあという、謎の擬音語が漏れる。いや、だって。まさか突然抱き付かれるなんて思っていなかったから、心の準備が追い付いていない。

「あ、あの。ミハエル？」

「可愛すぎる、イーシャが悪い」

悪いって、何が？

そう言おうとしたが、それが音になる前に口を塞がれた。あまりにミハエルの顔が近すぎて美しい顔が見えない。

こ、ここここ、これって、これって、まさかっ?!

「イーラ、大丈夫なの?!　ミーシャに抱きかかえられて帰ってきたって聞いたけれど?!」

バンと音を立てて、唐突に部屋のドアが開いた瞬間、私はとっさにミハエルの肩を押していた。まさか私が力の限り押すと思っていなかったのだろう。ミハエルはドシンと尻餅をつき、キョトンとした顔で私を見上げている。

「イーラ姉様、怪我は大丈夫？　服がびしょ濡れで破れている上に、血が付いていたけど?!」

部屋の中に真っ先に飛び込んできたディアーナに続いて、アセルも中に入ってくる。

「……あっ、大丈夫です。丈夫だけが取り柄なので」

私はミハエルを押したポーズのまま、答えつつ、冷汗をダラダラ流す。きょ、拒絶したわけではない、今。私、ミハエルにキスをされたのに、押してしまった。きょ、拒絶したわけではないんですと言いたいけれど、見た目はまさにそれだ。

キスなんて自分から前にしただろと言われればそうなのだけれど、自分からするのと、何の覚悟もなく相手からされるのでは全然違う。心臓がバクバク言っている。

「もしかして、お取り込み中だったかしら？」

「ごめん、お兄様」

私とミハエルの状況を見て、姉妹は何かを察してくれたらしい。察されても、それはそれで恥ずかしい。

でも姉妹が急いで私の部屋にやって来た理由も理解できるのだ。私が着ていたドレスのスカートはパーツが足りない上に裂け、水浸しになり、その上血痕が点々とついていたはず。何も知らずに見たら、口に出すのも憚られるような事件が起こったとしか思えないだろう。

ノックを忘れるのも仕方がない。

「二人共、空気読んでよっ！」

色々頭が真っ白になっていたが、ぷくっと幼子のように頬を膨らませる綺麗でカッコイイのに可愛らしいミハエルを見て、私はこらえきれず笑った。いつだって完璧にこなすミハエルのこんな姿を見られる私は幸せ者だ。

「イーシャ、笑うなんて酷いよ」

「すみません」

謝りながらも、怪我のない三人の無事な姿を見て、私は心の底からほっとした。よかった皆生きていて。

「とりあえず、元気そうでよかったわ」

「そうだね。お兄様とも仲もよさそうだし。神様扱いされてなくてよかったんじゃないかな？」

心配をかけてしまった二人は、次の瞬間には生温かい眼差しをこちらに送ってきた。色々いたたまれない。

それにしても、私はとうとうミハエルを神様扱いすることから脱却できたらしい。アセルの目からもそう見えるなら大丈夫だろう。

そもそもこの可愛らしい姿を見ると、私の長年信仰し続けてきた神様とは違う気がするのだ。嫌いになったとか失望したということはまったくない。むしろ全力で愛おしく思う。

ただ私が崇拝してきた【ミハエル様】は、私の中では一点の曇りもない、完璧な方だったのだ。いつだってあそこに飾られた絵画のような完璧な笑みを浮かべられ――。

「……そうか」

私は本日二度目の天啓を授かり、これで本当にミハエル様の神様扱いをやめられそうだとにんまりと笑った。

終章：出稼ぎ令嬢の騒動の結末

水大烏賊（クラーケン）はあの一体以降は出現することはなかったようで、王都の避難指示もすぐに解除された。元々水の神形（みかたち）の多い地域であったため、街に住む人達はすぐにいつもの日常に戻った。

ただし王女はしばらく大人しくするそうで、観光は中止になったらしく、その後私が護衛の仕事に呼ばれることはなかった。また武官であるミハエルは、事後処理と水の神形の調査をする必要があり、それなりに忙しい日々を過ごしていた。

しかしそれもようやくいち段落し、今日は一日お休みをもらえたらしい。

そこでお茶のセットを中庭に持ち出し、私とミハエル、そしてディアーナとアセルは、久々にのんびりとお茶会をすることになった。公爵家で働いていた時は毎日のようにお茶会をしていたので何だかとても久々な気がする。

実を言えば、もっと前から姉妹には中庭でお茶をしようと誘われていたのだが、討伐で鼻血を出したことを心配したオリガに、部屋でゆっくりしてくださいと止められていたのだ。あれ以来オリガが妙に心配性になっている気がする。あの鼻血はただの煩悩（ぼんのう）によるものだというのに。

やはりオリガにだけでも、真実を伝えるべきだろうか。……今度こそ、仕事の異動願いを出されそうだ。

「はい。この間頼まれてたイヤリングだよ」

「わぁ。お兄様、ありがとう！」

「ミーシャ、ありがとうございます」

ミハエルは姉妹といつの間にか約束していたらしいプレゼントを取り出すと笑顔を浮かべる彼女達に順番に渡していく。しかしどう見ても箱が一つ多い気がする。

「はい。イーシャもどうぞ」

「えっ。私にもですか？　服なども沢山ご用意していただいたのに。そんなにいただけません」

リボンで結ばれた箱を見て私は慌てる。

何かの記念日や誕生日ならいざ知らず、今日は特になんでもない日だ。それなのにプレゼントとか、意味が分からない。

「それは困るな。だって、イーシャ用にデザインした薔薇のペンダントを俺が身につけたら変だろ？　似合う人が身につけるべきじゃないかな？　俺はイーシャにこそ似合うと思ったんだ」

ミハエルなら女性もののアクセサリーもつけこなしてしまいそうだけれど、そういう問題ではないのだろう。

「この国の男は、好きな女性を着飾るのが好きなのよ。諦めなさい」

ディアーナにまで諭されて、私は諦めた。確かにここで突き返しても、折角のアクセサリーが可哀想だ。でもあまりアクセサリーに興味がない私では、勿体ないとしか思えない。

「俺がつけてあげる」

「いや。えっ……ありがとうございます」

ミハエルはリボンをほどき箱から取り出すと、私の後ろに回った。ミハエルの指先が首に触れると少しくすぐったく、また妙に恥ずかしくて、それに耐えるために私は目を閉じる。

「ミーシャ。まだ婚約だけだからね？」

「ディディ、ちょっと厳しくない？　婚約者だからこれぐらいで目くじら立てなくても」

「顔がアウトになっているから」

ミハエルのアウトな顔って何?!

私は急いで目を開けるが、彼はいつも通りカッコイイ顔だった。ううう。惜しいことをした気がする。

ミハエルがつけてくれたペンダントは、小さなピンクの薔薇が付いたものだった。薔薇の中央には透明な宝石が付いている。これって、まさかダイヤモンド――値段を考えるのが怖いので、私はそこから目をそらした。たぶん深く考えると、一生身につけられなくなる。

「可愛いペンダントありがとうございます。でもこういうものは、何かの記念日とかだけで十分ですから。もしもいただけるなら、ミハエル様の写真とか絵姿の方が嬉しいです」

写真や絵姿なら何枚あっても困らない。むしろ同じものがあるなら、一枚は保存用にして、大切に、大切に保管する。溜まってきたら、一室を使って、ミハエル様美術館を開いてもいい。客は私だけという、贅沢すぎる空間だ。なにそれ、幸せすぎる。

「むぅ。また様付け。俺はここにいるんだけど。俺がいるなら、いらなくないかな？　それともまだ俺を神様扱いしているの？」

「いえ、少し考えたのですが、三次元は婚約者のミーシェニカ、二次元がミハエル様ということにしたらいいのではないかと思いまして」

「は？　どういうことだい？」

私の提案に、ミハエルはぽかんとした顔をした。

「ミハエルは私に神様扱いされたくないんですよね？」

「もちろん」

「ですが、私も十年近くミハエル教を信仰していまして。今更止めるのも難しいと思っていたんです。そこで考えたのが、婚約者のミハエルと絵姿のミハエル様は別物と考えればいいのかと。なので、二次元ミハエル様は別腹です。これからも、崇め続けます」

うんうん。我ながら、とてもベストな結論だと思う。

これならミハエルを神様扱いして怒らせなくてもすむし、私の信仰心も捨てなくてすむ。

「ええ……。俺はこの先、俺自身に嫉妬を向けなくちゃいけないの？」

「大丈夫です。婚約者としてはミーシェニカを、その、あ、愛しています……から」

「……ずるい。そこで愛称呼びとか、何、このあざと可愛い生き物」

愛称呼びは本当に恥ずかしいのだ。そんなにズルイズルイ言わないで欲しい。姉妹からの冷めた視線が痛い。

「お兄様が相変わらずチョロすぎる……」

「お互い納得できたなら、いいんじゃないの？　またこじれても面倒だし。もうこのまま結婚させてしまった方が平和だわ」

そんなに酷いことを言っただろうか？　いや、だって。ミハエルを神様扱いするのをやめられたとしても、ミハエル様信仰をやめるのは無理だったのだ。だったらこれしかない。

「失礼します。イリーナ様の弟君がお見えになりました」

そんな話をしていると、使用人に声をかけられた。

今日は学校も休みだったので、アレクセイもお茶会に誘ったのだ。それに弟には、まだ浮気騒動の顛末を話していないので、ちゃんと顔を見て誤解を解かなければと思っていた。下手に手紙に書いてさらなる誤解を生むと面倒だったので、他の人の目がある前でと思うと今日になってしまったのだ。

さてどこから説明しようかと考えていると、突然アレクセイが私の前まで走って来た。中庭ではあるけれど、走るのはマナー違反だ。

「姉上!!　領地に帰りましょう!!」

「えっ？」

「こんな男に姉上は任せられません。この婚約、なかったことにしてもらいましょう。お金は僕が何とかします!!」

注意しようとした矢先に、アレクセイに手を引っ張られ、私は慌てて椅子から立ち上がる。

さらなる誤解を生んではいけないと思って説明していなかったのが仇となってしまったようだ。失礼すぎる発言に、血の気が引く。いつもは常識があるのに一体どうしたというのか？

というか、何で勝手にそんな宣言を？　いやいやいやいや。先走りすぎだから。

姉思いのいい子ではあるけれど、これはよくない。

私は慌てて弟の頭を押さえ、自分も頭を下げた。

「弟が失礼なことを言ってしまい、申し訳ありません。アレクセイ、落ち着いて。浮気は誤解だったの。ミハエルもディーナの婚約者も浮気はしてないわ。あれは仕事の一環だったの」

「いいえ。その件ではありません。この男、他にも浮気をしているんです」

えええええええっ。なんだって?!

いや、最近討伐の事後処理で忙しそうで、浮気をする暇なんてなさそうなんだけど。しかしアレクセイのとんでもない言葉に、全員が目を大きく見開いている。

アレクセイは頭を押さえつけていた私の手を押しのけると、顔を上げてミハエルを睨みつけた。それに対してミハエルも不機嫌さをかくしもせず、毅然とした態度をとる。

「俺は浮気なんてしていない。いくらイーシャの弟だからって、言っていいことと悪いことがあるよ?」

文句を言いながらミハエルはまるでとられてなるものかというように、私を腕の中に抱き込む。するとアレクセイは今まで見たこともないぐらい不快そうな顔をした。

ミハエルの顔は私からは見えないけれど、こんなことされて怒らないわけがない。弟は一体どうしたというのか。

「僕の学校では貴方の噂が流れていました。……貴方は男色家だと」

「……は?」

しかしミハエルの毅然とした態度も次の瞬間には崩れていた。私もとんでもない発言に目を見開く。

「元々そういう噂がありましたが信憑性は低いと思っていました。しかし今回は別です。相手は武官の一人で、討伐でも仲睦まじい様子だったそうです。しかも討伐が終わると自分の服を貸し、あろうことかお姫様抱っこまでして周りに見せつけたとか。しかもその武官に、女装させた上で姉上の名前を名乗らせていたそうです。学校では男色家であることを隠すために、貧乏な伯爵令嬢をお金で買い、婚約したのだという噂が流れています」

あれ？　すごいデジャブだ。どこかで聞いたことがあるような話に、私は気が遠くなりそうになる。

というか、そのお姫様抱っこ武官は、間違いなく私だろう。身に覚えがありすぎる。

「また、その噂?!」

ミハエルが叫んだ。叫びたくなる気持ちは分からなくもない。この間私が勝手に妄想し誤解した内容そのままだ。

「だ、大丈夫ですから」

分かっていますから。

「どういう意味で?!」

いや、男色家ではないということは分かっているという意味で大丈夫と話したのだけれど、どうもこの間の曲解しすぎた件のせいで疑心暗鬼になっているようだ。……少しだけ申し訳ない気持ちになる。

その様子を見て、ディアーナとアセルは爆笑していた。噂が嘘だと分かっているからだろうけれど、少しミハエルが可哀想だ。

私が不甲斐ないばかりに、すみません。

「俺は男色家じゃないし、イーシャとは絶対、絶対、婚約破棄もしない!!」

い。

ミハエルはぎゅーぎゅーと私を抱きしめる力をさらに強めた。武官の本気の力はそこそこ痛い。

ミハエルの心の底からの叫びを聞きながら、この噂を消せるぐらいいい女になろうと私は決意を新たにする。とりあえずは、弟によるこのデマの拡散を止めるところから始めよう。

どうやらイリーナ・イヴァノヴナ・カラエフの人生はまだまだ波乱万丈になるようだ。

あとがき

こんにちは。『出稼ぎ令嬢の婚約騒動2』を手に取っていただき、ありがとうございます。まさか二巻を書かせていただけるとは思っておらず、イリーナ達の勘違いも解けて婚約してしまっている……と少し悩みながら物語を考えました。前回が冬だったので、今回は春の話にし、折角だからイリーナには元気よく動いてもらいました。

では今回は1ページしかないので、この辺りでまとめに入らせていただきます。

担当H様。今回は特に沢山相談させていただきました。しかも子育て中なため、時間帯など融通していただきありがとうございます。おかげで二巻を完成させることができました。SUZ様。ご説明不足で何かとご迷惑をおかけしました。本当に素敵なイラストをありがとうございます。

そして最後にこの本を手に取って下さった皆様。暗い話題の多い今日この頃ですが少しでも笑っていただけたら幸いです。

IRIS
ICHIJINSHA

出稼ぎ令嬢の婚約騒動2
次期公爵様は婚約者と愛し合いたくて必死です。

2020年5月1日　初版発行
2021年3月22日　第2刷発行

著　者■黒湖クロコ

発行者■野内雅宏

発行所■株式会社一迅社
〒160-0022
東京都新宿区新宿3-1-13
京王新宿追分ビル5F
電話03-5312-7432(編集)
電話03-5312-6150(販売)

発売元：株式会社講談社
(講談社・一迅社)

印刷所・製本■大日本印刷株式会社

ＤＴＰ■株式会社三協美術

装　幀■世古口敦志・前川絵莉子
(coil)

ISBN978-4-7580-9263-0

この本を読んでのご意見
ご感想などをお寄せください。

おたよりの宛て先

〒160-0022
東京都新宿区新宿3-1-13
京王新宿追分ビル5F
株式会社一迅社　ノベル編集部
黒湖クロコ 先生・SUZ 先生